英國腔發音完美指南

Kartina Flavia Hai ◎著

掃描 QR Code 收聽全書 MP3 雲端音檔，使用電腦即可下載
https://video.morningstar.com.tw/0170049/0170049.html

晨星出版

前言

　　如果你期待這本書可以讓你多了解倫敦，或是想知道我在倫敦的生活經驗，很抱歉，裡面並沒有太多關於倫敦的內容。我無法告訴你倫敦哪裡好玩、哪裡有隱藏美食，或者倫敦的生活有多精彩……，但我想讓你看到的，是一個和社群媒體上、和你刻板印象中截然不同的英國。對我來說，真正的英國，不在倫敦，而是在那些寧靜、純樸的鄉村生活裡。

　　回想我在英國的生活，去倫敦的次數用 10 根手指頭就數得完。相比那個充滿國際氛圍、多元文化交融的倫敦，英國鄉村的節奏與氣息，我認為更貼近真正的英國樣貌。

　　回想英國鄉村的生活，是多麼愜意！走進大自然幾乎是每天的日常。生活裡沒有太多娛樂，也沒有喧囂的行程。每天三點多就下課，幾乎沒有功課，更別說是補習。日常活動就是出門走走、遛遛狗、看看書，或者騎腳踏車到處晃晃。

英國的鄉下完全沒有外食文化，也沒有 24 小時便利商店；晚上公車大概一個多小時才有一班，有時候甚至完全沒有班次。萬一錯過了，就只能走上至少一個小時的路回家。假日的娛樂是在花園草地裡 play catch（傳接球），一玩就是一個下午；偶爾去同學家 sleepover，或者跑到鄰居的後院大草原，被一群放養的馬圍攻，瞪大眼睛站在那裡，動也不敢動，只能小心翼翼地比手畫腳，向站在另一邊的朋友求救。有時在同學家的 house party 結束後，臨時決定走路到另一個朋友家過夜，摸黑走在完全沒有路燈的鄉間小路，穿過草地被羊群追著跑。

　　而在學校，每次 break time（課間休息），總會有一群女生擠在流理台前照鏡子補妝；上音樂課時同學因為太無聊，把一隻死掉的獨角仙藏到我的鉛筆盒裡嚇我，結果因為被整過太多次，以為是假玩具直接拿去丟掉，計畫失敗的同學超級失望。互整就是同學之間的樂趣。

相較於學業成績，同學之間更愛討論運動，運動神經好的人才是他們心中的強者。而作為全校唯一一個亞洲臉孔的我，對這些英國小孩來說是多麼特別的存在！總是重複又重複地問我：會不會功夫？喜不喜歡成龍？──這就是他們的幽默。但是回過頭來，他們卻又認真地對我說：「妳是英國人！」

　　對他們來說，認同來自於文化，而不是臉孔或膚色。那樣的生活，沒有什麼特別華麗的光環，甚至可能對習慣在城市生活的人聽起來平淡無奇，但對我來說，那才是英國──真實的、溫暖的、難忘的英國。

　　沒錯，你猜對了，我是一個在英國鄉下長大的「村姑」（哈哈！這是住在倫敦的香港朋友對我的形容），不過我完全不在意──對自己充滿驕傲與自信，本來就是英國教育的一部分。

能在英國鄉村長大，是一段非常獨特且無可取代的生活經歷。如果你想真正了解一個國家，除了燈紅酒綠的大城市，更值得走進那些最樸實、最貼近當地人生活的鄉間。那裡蘊藏著最深的文化體悟與真實的日常。

　　也正因為有這樣的成長背景，加上我從小接受英國教育，以及曾在香港求學的雙語學習經驗，再加上多年來在外僑與國際學校擔任家教的經驗累積，這些年來我一直在思考：怎麼樣的學習方式，能讓對英國腔有興趣的人更容易理解，並且掌握英式發音？

　　這本書，就是我把這套方法結合個人經驗、文化觀察與實用技巧整理出來的成果。

　　如果你喜歡英國腔，這本書能幫助你了解自己的發音問題，掌握英式英語的特色。同時也分享小知識給喜歡英國、即將到英國留學，或是正在英國生活的你。

Contents

前言 002

Chapter 1 英國腔？

關於英式英語（British English） 012
- 英式英語的起源與發展 013
- 什麼是 RP 腔？為什麼聽起來比較「優雅」？ 014

發音與口音 016
- 為什麼要學好發音？ 016
- 音標 vs 自然發音？ 016
- 口說的祕訣：'Fake it until you make it.'？ 017

母語如何影響第二語言 019
- 注音符號系統對英語發音的影響 019

Chapter 2 vowels 母音

基本的發音規則 024

+ closed syllable 閉音節 026

- short a 026
- short i 030
- short u 034
- short e 028
- short o 032
- short u(oo) 036

- **open syllable 開音節** 038
  - long a 038
  - long e 040
  - long i 042
  - long o 044
  - long u 046

- **silent e 無聲字母** 048

- **vowel team 母音組合** 050
  - digraph 二合字母 050
  - vowel team 母音組合 051

- **r-controlled vowels** 053

基礎篇
- ar 053
- er / ir / ur 055
- or 057

進階篇
- air / are / ear / ere 059
- ear / eer / ere 061
- ire 063
- ure 065

- **c-le** 067

特別的英式發音 069
- the British 'broad a' 069

弱元音 071
- **什麼時候使用 the schwa sound 弱元音？** 071
- **英式英語獨有的 schwa** 072

母音發音比較 074

- 雙母音發音的影響 074
- long a vs short e 075
- short o vs r-controlled or 078
- long o vs aw 080
- short i vs long e 082

Chapter 3 ❧ consonants 子音

一般發音 086

- plosives 塞音：b／p、d／t、g／k 087
- fricative consonants 擦音：v／f、z／s、th 089
- affricate 塞擦音：j／ch 092
- approximants 近音：l／r、w／y 094
- nasal consonants 鼻音：m／n／ng 099

特別的英式發音 102

- glottal stop 喉塞音：the 'Glottal T' 102
- the linking & intrusive 'r' 102
- the 'du' & 'tu' sound 105

Chapter 4 ❧ 英式英語口說結構

語調＋節奏＝口說流利的關鍵 108

節奏篇 110

- 什麼是英文的「節奏」？ 110
- 如何抓出節奏模式？ 110
- strong form 與 weak form？ 111
- 那 stress form 又是……？ 111

語調篇 117

➕ 什麼是語調？ 118
- 聲調？語調？千萬別搞混！ 118
- intonation patterns 語調介紹 118

➕ *rising intonation* 上升語調 120
- 確認答案的問句 121
- 需要對方認同想法的問句 122
- 再次確認對方知道答案 122
- 主動給予幫忙 123
- 舉例的句子或段落 123

➕ *falling intonation* 下降語調 125
- 敘述句型 125
- 命令句 126
- 驚嘆句 126
- 一般問句 127
- 心裡已經有答案的問句 127
- 情緒高漲的問句 128

➕ *fall-rise intonation* 降升語調 129
- 持有保留態度的時候 129
- 強調兩者的不同 130
- 帶有暗示性的想法 131

➕ 語氣強調的特殊狀況 132

Chapter 5 英式英語特殊用法

英式口說常見用字及用語 136

英國生活基本日常單字 147
- 食物 147
- 日常生活用品 148
- 交通工具及相關 149
- 大型及公共場所 150
- 其他 151

英美拼字差異 152

Chapter 6 英國生活經驗談

鄉村生活：遠離倫敦的另一種節奏 156

英國人生活文化及習慣小趣聞 159
- 飲食篇 159
- 日常生活篇 161
- 學校篇 162
- 文化篇 163
- 你可能不知道的小趣聞 165

禮儀及禮貌在英國的重要性 167
- 英式說話禮儀指南 168
- 英式舉止禮儀 172
- 英式餐桌禮儀 174
- 讓禮儀成為你融入英國的通行證 175

Chapter 1

英國腔？

「……一個老套的說法是，美國其實有一套隱性的階級制度：表面上我們說是以能力取人，實際上卻是根據一個人的技能、學歷、就讀的大學和收入來衡量。而英國則是明目張膽地存在階級制度：每個人都知道誰是上流社會的貴族，誰是工人階級的粗人。英國人的耳朵對口音極其敏銳，階級的象徵隨處可見：一個人喝什麼酒、怎麼使用刀叉吃飯，這些細節都會被仔細觀察。」

〈美國人可以從英國人的階級罪惡感中學到什麼〉
——Alissa Quart《衛報》

關於英式英語
(British English)

其實「英式英語」的概念並非只屬於英國，Great Britian 作為英格蘭、威爾斯、蘇格蘭組合而成的大不列顛，這三個國家分別有著專屬於當地的口音。這些不同口音遍布在不同的地區，跟很多國家語言一樣，所謂的「英式英語」並不專指單一的英國口音，也同時涵蓋了這三個國家所各自發展出的英語變體。

根據地理與歷史背景的差異，不同地區都有其獨特的英式口音，像是倫敦東區的 Cockney、利物浦的 Scouse、伯明罕的 Brummie 和英格蘭北部的 Yorkshire 等。這些地方性口音遍布整個英國，彼此之間的發音差別非常大，如果遇到口音特別重的人，即使是英國本地人，也未必能立刻聽懂對方在說什麼。因此，當我們談論「英國腔」時，其實是一個非常廣泛且多樣的概念。不過，大眾對「英國腔」的刻板印象，通常還是會聯想到一種特定的腔調——像是《哈利波特》、《福爾摩斯》、《金牌特務》等電影或影集中那種優雅清晰的英語，這本書的主題，正是聚焦在這種腔調，也就是我們熟知的標準英式英語——RP（Received Pronunciation）。

如果要給這本書一個更為精確的命名，應該要叫《英國 RP 腔完美指南》才對。不過，為了方便大家理解，接下來我會統一使用「英國腔」這個通俗的詞彙來進行說明。

▸ 英式英語的起源與發展

英語 *English*，顧名思義即是英國 *England* 的語言，起源於西元後五世紀，當時丹麥的盎格魯人（The Angles) 及其他來自德國的日耳曼人 (Germanic People) 跨越北海並入侵當時的英國，當時英國原住民的語言是凱爾特語 (Celtic)。因為盎格魯人的入侵，原住民被驅趕到當地的西邊及北邊，也就是現在的愛爾蘭、蘇格蘭及威爾斯。盎格魯人在英國定居後，把當地稱為 Engeland，意指 Land of the Angles，也就是 England 的來源，同時他們的語言 Ænglisc 繼續發展，衍生成 English 這個語言。

不過，當時的英語跟現在的英語並不一樣，當時的英語為古英語 *Old English*，後續經歷了四個階段才演化成我們現在使用的現代英語 *Modern English*。

古英語 Old English （450-1100）	古英語跟現在的英語單字及使用方式完全不同，無法使用現代英語理解古英語。即便如此，現代英語依然保留很多當初古英語的單字，例如：man 男人 / mannl；hand 手 / hand；water 水 /wæter 等。
中古英語 Middle English （1100-1500）	法國曾在 1066 年左右佔領英國，因此法文有一段日子是英國的主流語言，使用法文的人大多是皇室權貴及上流貴族。14 世紀，英語再次回歸主流語言，但因為法文的關係，使得英語加入了很多法文的詞彙，例如：blue 藍色 / bleu；pork 豬肉 / porc；village 村莊 / village；salad 沙拉 / salade 等，這段時期使用的英語便是中古英語。

早期現代英語 Early Modern English (1500-1800)	16 世紀，英國進入文藝復興時代，開始加速發展並與世界各國的人大量接觸，使得英語加入了更多單字及用語，也產生了發音上的變化（the Great Vowel Shift），當時印刷技術的成熟，使更多人能取得書本，開始學習文字及閱讀，因此英語的拼字及文法變得更系統化，1604 年更造就了史上第一本英文字典的出現。莎士比亞文學便是使用早期現代英語。
後期現代英語 Late Modern English （1800- 現在）	早期及後期英語的最大差異在於單字的使用，後期現代英語因為工業革命及科技發展創造出更多詞彙，加上當時大英帝國佔領地球上四分之一的領土，英文也因此引入更多其他語言的單字。

▶ 什麼是 RP 腔？為什麼聽起來比較「優雅」？

口音，往往伴隨地域性，是語言長期自然發展之下所產生的特有現象。而 RP，即 Received Pronunciation，被視為英國的「標準口音」。

RP 是英國東南部地區 18 世紀末開始形成的口音，RP 無關地域性，反而比較像是一種階級標籤（階級觀念在英國歷史文化中扮演著很重要的角色），大多來自家庭背景不錯的中高階層 upper-middle class，甚至貴族 upper class，因此這種口音也成了「菁英象徵」，代表好學歷、好出身，甚至高社會地位。這些人從小在私立學校接受高品質教育，就讀昂貴的私立學校 private school，因此在英國社會中，RP 不只是「標準口音」，更是一種無形的「社會通行證」。在階級觀念深植歷史文化之中的英國，這種口音也在媒體、公開廣播，甚至是演員身上被視為一種標準，因此 RP 也常被稱作 BBC English、Oxford English 或 The Queen's English。

你可能會發現，在好萊塢或者 Netflix 串流影集中，故事背景裡的早期貴族、高知識份子、望族等角色，往往說著一口「優雅的英國腔」，甚至有很多美國背景的影集，會把這些角色設定成「優雅的英國人」，藉由 RP 口音來強調其身分地位。

不過請大家記得，所謂「英國腔」的刻板印象就是 contemporary / modern RP，即使是 RP English 的使用者，都會有某些發音上的細微差異。RP English 到了今天依然還在變化，並沒有絕對的一套標準，不同人對 RP 的認知和詮釋仍可能會有所不同。

memo

發音與口音

▸ **為什麼要學好發音？**

首先我們要搞清楚「發音」及「口音」兩者的差異：
- **發音**：每個單字、音節的正確唸法。
- **口音**：包括語調的高低起伏、輕重音位置跟節奏，這些元素加總及成長環境影響所形成的地區性口音。

paper vs pepper

英語學習者來自不同國家，受母語影響而形成的獨特腔調，是每個人的特色，代表著你來自哪裡，學習的過程並非刻意地把自己的口音完全抹滅，但發音錯誤則容易導致生活上的溝通困難及誤會。

舉個例子，幾年前帶著台灣朋友一起回英國探望許久不見的英國好友，並借住英國友人家裡，有一天的早餐時間，同行友人對著英國友人說：「我想要拿一點黑胡椒（pepper）」，英國友人一聽，給了他一張紙（paper）！原來他把 paper 的長母音 *long vowel 'a'* 發成短母音 *short vowel 'e'* 了！朋友發現自己因為發音錯誤造成溝通上的誤會，覺得很尷尬，當下聽了真的哭笑不得，不過也從此學會如何分辨了！

▸ **音標 vs 自然發音？**

「音標」及「自然發音」有著截然不同的學習觀念，兩者各有優缺點。

1. 音標（phonetic symbols）

　　音標學習者只需要背下 44 個音標符號及其發音，再透過不同的音標組合，就能發出所有單字的音。這種方法的優點是系統性強，發音準確、標準，特別適合剛入門學習英語的人。但缺點在於，一般文章及日常生活普遍看不到音標，使得音標學習者不習慣唸出沒看過的單字，這也導致「被困在有限的課本裡頭」。在網路不普及的年代，往往只能透過靜態的書本學習，因此音標被 EFL（English as a Foreign Language）教學者提倡為當時適合的學習方式。

2. 自然發音（phonics）

　　自然發音法讓學習者透過拼字規則，學會相對應的發音方式，建立在長短母音及子音的正確發音基礎上，再搭配理解常見的拼字組合及變化，沒看過的單字也能輕易「猜對」唸法。這種方法特別適合閱讀量大、需要快速辨讀生字的學生。因為近年英語學習趨勢的關係，台灣許多學生從小便開始接觸大量課外英文讀物，一篇文章出現沒看過的單字是常見情況，如果能在很短的時間內「猜」出發音，自然能將這些陌生的單字大量記憶，不僅能提升閱讀流暢度，也有助於記憶字形與減少學習抗拒。近年來，科技普及加上大量的網路資源，讓我們能透過網路字典搭配有聲書等優勢進行學習，也進一步放大了自然發音法的學習成效。

▸ **口說的祕訣：'Fake it until you make it.'？**

　　書籍是人類記載知識的方式，所有的知識都先於書籍，語言更是如此。語言的學習，從來都不該是從字典或文法書開始，而是從聽與說的模仿與感受開始。在真正 make it 之前，fake it 反而是你最大也最自然的信心來源。

語言的學習是有溫度的。當一個外國人淚流滿面地對著你講了一堆聽不懂的話，我們可以在很短的時間內猜出這些詞彙應該不是正面的意思；當一個外國人吃了一頓晚餐後，滿臉笑容地說了一串你聽不懂的單字，大概也猜得出這類詞彙是滿足的意思，這就是語言溝通的本質。

你知道英國下午茶的茶具叫做什麼嗎？
就叫做「China」

為什麼？當時的英國人也不知道要怎麼稱呼這些高貴的茶具，只知道它們來自中國，就叫他 China 吧！

語言是生活中交流的一種工具，而書本只是記載這些資訊的一種方式，不論你是學生、家長還是社會人士，為了自己或下一代學好英文，千萬別單純把目光放在字典或考試上。在這個社群媒體普及、網路讓世界更緊密連結的時代，英語的樣貌也跟著快速演進與變化，字典或書本不再是唯一的標準答案，而比較像是一個切入點，或者是一個起點。

試著從生活、娛樂、興趣開始感受英語。這本書會在你 fake it 的過程中陪著你，給你一點點信心。我做得到，你們一定也做得到！

母語如何影響第二語言

▶ 注音符號系統對英語發音的影響

中文母語者遍布東亞、南亞，甚至歐美大城市裡都有著名的唐人街，但來自吉隆坡、上海、北京或台北的人，說起中文卻有著天壤之別。以前只能在偶像劇裡聽到「台灣腔」，直到大學畢業後從英國到台北工作，我才開始學習「說中文」這件事。

> ・在台灣，大部分人從小使用注音符號學習中文，舌頭常常省略很多音，聽起來有一種親切的感覺。
> ・在香港，沒有拼音或注音系統，所以大部分的人都是認字，有邊讀邊。
> ・在上海，則是透過漢語拼音學習中文。

作為全世界唯一使用注音符號系統的台灣，發展出了一套獨特的音感與發音習慣。在學習中文的過程中，許多人可能無法精確分辨注音符號中的某些發音，這樣的習慣也可能在無形中影響英語學習，造成發音與聽力上的困難。

「ㄧ、ㄨ、ㄩ」、「ㄚ、ㄛ、ㄜ、ㄝ」是單韻，只需發出一個音。

ㄧ	ㄨ	ㄩ	ㄚ	ㄛ	ㄜ	ㄝ
/i/	/u/	/y/	/ɑ/	/ɔ/	/ə/	/e/

只有「ㄞ、ㄟ、ㄠ、ㄡ」四個是複韻，需發出兩個音。

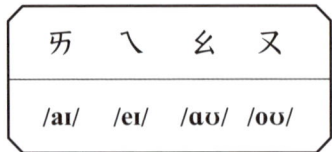

單韻的部分沒什麼問題，在複韻的發音上，學生常常因為習慣或懶惰，省略了後面那個音。

- 「ㄟ」唸成了「ㄝ」，「誰呀」變成「ㄕㄝˊ呀」
- 「ㄡ」唸成了「ㄛ」，「海鷗」變成「海喔」

英文母音相較於中文，有著大量雙母音發音，如果常偷懶唸成單母音，會導致對方聽成另一個字。

Hi, I'm Kane.	Would you like some Coke?
Nice to meet you, Ken.	Yes, cock, please.

中文韻母口腔的發音位置普遍靠前，英文母音有許多在口腔中間位置的發音，學生常無法分辨前、中、後的發音，容易造成聆聽者的誤解。

I went to the beach yesterday.
WHAT? You went to the bitch ?

這些因素導致學生在聽力上的敏銳度跟著下降，無法了解正確的發音是什麼，遇到外國考官，聽力就顯得吃力。

　　接下來這本書，會帶著你透過音節的劃分練習、模仿發音，比較中文母語者常會混淆的母音及子音，讓你更能分辨它們的差異，不只提高發音準確度，還能提高拼字及聆聽能力。

memo

Chapter *2*

vowels 母音

基本的發音規則

英文基本上有五個母音字母（vowel letters），卻有將近 20 種發音（vowel sounds），這些發音規則對應特定的拼字形式，同時將一個單字（vocabulary）拆分成一至數個音節（syllable）。

在自然發音的學習概念中，因不需要額外學習音標符號，只需要將特定聲音（vowel sounds）直接轉化成特定字母符號（letters），形成聲符的的概念。

在英文單字的結構裡，一個單字（vocabulary）由數個母音（vowels）及子音（consonants）組成，母音（vowels）的數量通常代表這個單字（word）的音節（syllable）數。

- *vowels* 母音：*a, e, i, o, u*
- *consonants* 子音：母音以外的字母，像是 *b,c,d,f* 等

如何判斷一個單字子有幾個音節 *syllable* 呢？最簡單的判斷方式就是：有幾個母音，就有幾個音節。例如：

- *hat*：一個音節 *syllable*
- *hero*：兩個音節 *syllable (he-ro)*
- *November*：三個音節 *syllable (No-vem-ber)*

音節 *syllable* 分成六種類型，其中 open syllable 及 closed syllable 尤其重要，理解這兩種基本類型後，便能進一步掌握其餘四種音節（silent e、vowel team、r-controlled、consonant-le）的拼字規則與發音邏輯。

closed 閉音節	• 音節結尾為子音 • 母音 *vowels* 發短音	cat, kit, bag, pet, rab-bit
open 開音節	• 音節結尾為母音 • 母音 *vowels* 發長音	no, he-ro
silent e 無聲 e	• e 結尾且不發音 • 母音 *vowels* 發長音	cake, like
vowel team 母音組合	• 兩個母音放在一起發出一個音	rain, beach
r-controlled r 控制	• r 前面有一個母音	car, better
c-le	• 子音後 le 結尾	turtle, little

closed syllable 閉音節

子音結尾的音節稱為閉音節，閉音節單字的母音通常都是**短母音 (short vowel) 發音**，具有不同的音節組成形式，此章將會解釋各種短母音的發音方式。

* 全書 MP3 音檔 QR 請見第一頁

---

short a　　　　　　　　　　　　　　MP3 2-01

發音重點
- 發音位置靠前
- 發音短暫、乾脆快速

發音方式
- 張大嘴巴
- 用力微笑直到看到門牙，嘴型像在吃一個派
- 放鬆舌頭，舌尖放在下排牙齒的後面
- 想像自己大聲說 'Ah!'（有人打開門時的驚呼）

容易混淆的發音

cat 貓　　vs　　**cut** 剪

範例 1

» **fat** 胖 / **cat** 貓咪 / **sat** 坐 / **mat** 墊子 / **tap** 水龍頭

The **fat cat sat** on the mat, under the **tap**.
那隻胖貓咪坐在水龍頭下的墊子上。

範例 2

» **dad**dy 爸爸 / **tab**let 平板 / **cam**era 相機 / **mad** 生氣

I broke **dad**dy's **tab**let and **cam**era, so he is very **mad**.
我把爸爸的平板跟相機弄壞了，所以他非常生氣。

026

字彙表

app n. 應用程式	damaged adj. 受損的	pack v. 收拾	tabby n. 虎斑貓
bad adj. 壞的	gap n. 空隙	rat n. 老鼠	van n. 小貨車
cabin n. 小木屋	hat n. 帽子	rash n. 皮疹	vanish v. 消失
captain n. 船長	man n. 男人	Sam n. 山姆	yam n. 蕃薯
dad n. 爸爸	nap n. 小睡	sack n. 袋子	zap v. 破壞

練習題

MP3 2-02

❶ My **dad** has a **nap** with a **hat** on.　　我的爸爸戴著帽子小睡了一下。

❷ **Sam**, the **bad man** has a **cat**.　　壞男人山姆有一隻貓咪。

❸ A **rat** is hiding in the **gap** in the **cab**in.
有一隻老鼠躲在小木屋的空隙裡。

❹ The **cap**tain sold his **dam**aged **van**.　　船長賣掉了他損壞的貨車。

詞性

| n. noun 名詞 | pron. pronoun 代詞 | v. verb 動詞 | adj. adjective 形容詞 |
| adv. adverb 副詞 | prep. preposition 介系詞 | conj. conjunction 連接詞 | det. determiner 限定詞 |

Chapter 2 vowels 母音

short e

MP3 2-03

發音重點
- 發音位置置中
- 發音短暫、乾脆快速
- 比短母音 a 圓跟窄

發音方式
- 張大嘴巴
- 嘴唇放鬆
- 放鬆舌頭，舌尖放在下門牙的後面
- 聽起來像中文的「欸」，但發音要乾脆、短促，嘴巴稍微張開即可

容易混淆的發音

p**e**pper 胡椒　VS　p**a**per 紙

p**e**t 寵物　VS　p**a**t 輕拍

範例 1

» Teddy 泰德 / let 讓 / pet 寵物 / rest 休息 / bench 長凳

Teddy let his pet rest on the bench.

泰德讓他的寵物在長凳上休息。

範例 2

» men 男人 / fed 餵 / seven 七 / egg 雞蛋 / pet 寵物

The men fed seven eggs to the pet.

男人餵了寵物七顆雞蛋。

字彙表

Benson n. 班森	**heck** n. 見鬼	**neck** n. 脖子	**ten**t n. 帳篷
check v. 檢查	**Jen**ny n. 珍妮	**pen**cil n. 鉛筆	**vet** n. 獸醫
den n. 巢穴	**ken**nel n. 犬舍	**red** adj. 紅色的	**when** conj. 當
fetch v. 拿回	**lem**on n. 檸檬	**sent** v. 送去	**yes** adv. 對地
get v. 拿	**met** v. 遇見	**test** n. 考試	**yel**low adj. 黃色的

練習題

MP3 2-04

❶ I have to **get Ben**son's **red pen**cil.
我要去要拿班森的紅色鉛筆。

❷ Can you **check** if the **lem**on is ripe?
你能檢查一下檸檬熟了沒嗎？

❸ **Jen**ny wants to **get** an A for her **test**.
珍妮想在考試中獲得 A。

❹ Can you **fet**ch the **yel**low **ten**t?
你可以拿一下黃色帳篷嗎？

❺ K**en sen**t his dog to the **ken**nel.
肯把他的狗送到了犬舍。

short i　　　　　　　　　　　MP3 2-05

發音重點
- 發聲位置置中
- 發音短暫、乾脆快速

發音方式
- 微微張開嘴巴
- 輕微嘟嘴
- 壓舌根,舌尖放在下門牙的後面
- 想像被針扎一下的情形,發音要快、結束也快!

容易混淆的發音

f**i**ll 充滿　vs　f**ee**l 感覺

範例 1

» sit 坐 / in 裡面 / pit 坑洞 / with 一起 / pin 針 / tin 罐子

I sit in a pit with a pin in a tin.

我坐在坑洞裡,手裡拿著一個裝著針的罐子。

範例 2

» if 如果 / kid 小孩 / win 贏 / will 會 / quit 退出

If the kid wants to win, he will not quit .

如果這個小孩想贏,他就不會放棄。

字彙表

bin n. 垃圾桶	kit n. 套組工具	rip v. 撕開	into prep. 投入
chick n. 小雞	lip n. 嘴唇	Switch n. 遊戲機	witness v. 目睹
dip v. 沾	middle n. 中間	silk n. 絲綢	winner n. 贏家
fit v. 符合	nippy adj. 敏捷的	twit n. 傻瓜	quilt n. 棉被
hippo n. 河馬	pickle n. 酸黃瓜	tip n. 提示	zip n. 拉鍊

練習題

MP3 2-06

❶ **Tim** finds a **chick** in a **bin**.
提姆在垃圾桶裡找到一隻小雞。

❷ She is very much **in**to **Swi**t**ch**.
她非常喜歡玩 Switch。

❸ Give me a **tip** to **win**.
給我一個提示好讓我贏吧。

❹ It doesn't **fit in**to the **kit**.
這沒辦法放進套組裡。

❺ I'm **in** the **mid**dle of a **trip**.
我正在旅行的途中。

Chapter 2　vowels 母音　031

short O

MP3 2-07

發音重點
- 發聲位置靠前
- 發音短暫、乾脆快速

發音方式
- 嘴巴微張
- 嘴形變圓並繃緊
- 舌頭往後拉，舌尖不會碰到門牙
- 聲音從口腔後方發出

容易混淆的發音

h**o**t 熱　vs　h**u**t 小屋

範例 1

» **Tod** 托德 / **Tom** 湯姆 / **lot** 很多 / **cod** 鱈魚 / **pot** 鍋子

Tod and **Tom** have a **lot** of **cod** in their **pot**.

托德和湯姆的鍋子裡有很多鱈魚。

範例 2

» **not** 不 / **hot** 熱 / **Ross** 羅斯 / **cop** 警察 / **shop** 商店

It was **not hot**, so **Ross** and the **cop** went to the **shop**.

天氣不熱，所以羅斯和警察去了商店。

字彙表

boss n. 老闆	hop v. 蹦跳	off adv. 離開	rod n. 釣竿
dog n. 狗狗	hot adj. 熱	on prep. 上	rock n. 石頭
dot n. 圓點	job n. 工作	pond n. 池塘	sock n. 襪子
fox n. 狐狸	jog n. 慢跑	rot n. 腐爛	top n. 上衣
frog n. 青蛙	lock v. 鎖上	rob v. 搶劫	toss v. 丟

練習題

MP3 2-08

❶ The **dog** chased the **fox** around the **pond**.
狗在池塘周圍追著狐狸跑。

❷ **Ross** put the **hot pot on** the table.
羅斯把熱鍋放在桌子上。

❸ My **boss** likes to **jog** in the park after he gets **off** work.
我的老闆喜歡在下班後去公園慢跑。

❹ A **dog** was chasing a **frog** around the park while kids **hop**ped nearby.
當孩子們在旁邊跳躍著的時候，有隻狗在公園裡追逐一隻青蛙。

❺ I saw a **frog** sitting on a **rock** next to a **fox**.
我看到一隻青蛙坐在狐狸旁邊的一塊石頭上。

short u

MP3 2-09

發音重點
- 發聲位置置中
- 發音短暫、乾脆快速
- 短母音 u 有兩種不同的發音方式

發音方式
- 微張開嘴巴
- 嘴唇放鬆
- 舌頭置中,舌尖往下壓並不會碰到牙齒
- 想像你說「呃……」時的嘴型

容易混淆的發音

hut 小屋　vs　**hot** 熱

up 上　vs　**app** 應用程式

範例 1

» **nun** 修女 / **run** 跑 / **under** 下 / **sun** 太陽 / **bun** 包子

The **nun run**s with a **bun un**der the **sun**.

一位修女拿著包子在陽光下奔跑。

範例 2

» **bug** 蟲子 / **jum**p 跳 / **up** 起來 / **dug** 挖 / **mud** 泥土

The **bug jum**ped **up** and **dug** in the **mud**.

小蟲子跳了起來並在泥土中挖洞。

字彙表

bud n. 花苞	dust n. 灰塵	jump v. 跳	pup n. 小狗
bus n. 公車	fun n. 玩樂	just adv. 剛剛	puppet n. 木偶
cut v. 切/剪	fuss n. 大驚小怪	luck n. 運氣	puddle n. 泥坑
cup n. 杯子	hug v. 擁抱	must mod v. 必須	rug n. 地毯
duck n. 鴨子	hut n. 小屋	nut n. 堅果	sum n. 總和

練習題

MP3 2-10

❶ The **sun** is shining, and the **duck**s are having **fun**.
　太陽正在閃耀，鴨子正在玩樂。

❷ The little **pup** happily **jum**ped over the **mud pud**dle.
　小狗高興地跳過泥坑。

❸ I gave my **pup** a cup of warm milk and a **hug**.
　我給了我的小狗一杯溫牛奶和一個擁抱。

❹ The kid played with his **pup**pets on the **rug** with **us**.
　孩子在地毯上跟我們玩他的玩具木偶。

❺ I **must cut** an apple and eat it on the **bus**.
　我必須切顆蘋果在公車上吃。

short u (oo)　MP3 2-11

發音重點
- 發聲位置靠前
- 發音短暫、乾脆快速

發音方式
- 嘴巴微張
- 嘴唇放鬆
- 舌頭置中，舌尖不會碰到牙齒

容易混淆的發音

put 放　vs　**pot** 鍋子

pull 拉　vs　**pool** 泳池

註 與 34 頁 short u 是兩個不同的發音，較少見，可以直接把它們背起來

範例 1

» **put** 放 / **pud**ding 甜點 / **push** 推 / **pull** 拉

I **put** the **pud**ding down, then **push** and **pull** the chair.

我把布丁放下，然後推拉椅子。

範例 2

» **put** 放 / **pull**over 毛衣 / **cush**ion 抱枕 / **bul**letin 公告

Someone **put** the missing **pull**over and **cush**ion by the **bul**letin board.

有人把遺失的毛衣和抱枕放在公告欄附近。

字彙表

bully n. 霸凌者	butcher n. 屠夫	pulley n. 滑輪	full adj. 滿的
bush n. 灌木叢	pull v. 拉	sugar n. 糖	cushion n. 墊子
put v. 放	pudding n. 布丁	push v. 推	bullet n. 子彈

練習題

MP3 2-12

❶ The **bully push**ed the boy into the **bush**es.
霸凌者把男孩推到灌木叢中。

❷ The **butch**er care**fully put** the meat onto the table.
屠夫小心翼翼地將肉放桌子上。

❸ The **wom**an **put** the **pul**ley and the **cush**ion in the room.
女人把滑輪和墊子放在房間裡。

❹ You need to add **sug**ar to the **pud**ding.
你需要在布丁中加糖。

❺ She **put** the **bul**let into the gun.
她把子彈放進槍裡。

open syllable 開音節

開音節與閉音節相反，以母音作為結尾。開音節的母音以**長母音 (long vowel)** 發音為主，long e / long u(oo) 以外的長母音都是**雙母音** *diphthong*，雙母音發音以一個母音開頭，並在同一音節中滑入另一個母音，嘴形會變化，發音也較長。

---

long a MP3 2-13

發音重點
- 發音位置靠前
- 屬於雙母音發音
- 想像從 short e 滑到 long e

發音方式
- 部分張開嘴，然後稍微閉上
- 嘴唇放鬆 → 再向兩側拉開（像微笑一樣）
- 舌根往上抬，舌尖放在下門牙的後面

容易混淆的發音

later 稍後　　vs　　**le**tter 信

> 註 long a 在英式英語中有兩種發音，Ch3「特別的英式發音」將詳細說明

範例 1

» **Ja**son 傑森 / **Ja**cob 雅各 / **ba**con 培根 / **ta**ble 桌子

Jason and **Ja**cob cooked some **ba**con and put them on the **ta**ble.

傑森和雅各煮了一些培根，然後把它們放在桌子上。

範例 2

» **ba**ker 麵包師 / **fla**vour 味道 / **ba**king **pa**per 烘焙紙

The **ba**ker added a new **fla**vour to the pie and placed it on the **ba**king **pa**per.

烘焙師在派中加入了一種新口味，然後把它放在烘焙紙上。

字彙表

acorn n. 橡子	crater n. 坑	later adv. 稍後	radio n. 收音機
agent n. 代理商	David n. 大衛	major adj. 重大的	razor n. 刮鬍刀
baby n. 嬰兒	favour n. 幫忙	maker n. 製作者	saviour n. 救世主
basic adj. 基本的	grater n. 磨碎器	paper n. 紙張	table n. 桌子
cable n. 線路	label n. 標籤	radar n. 雷達	vapour n. 蒸氣

練習題

MP3 2-14

❶ The **ba**by had an **a**corn.
　那個嬰兒有一個橡子。

❷ She **la**belled the **ca**ble.
　她把線路貼上了標籤。

❸ I used a **la**ser to cut the **pa**per.
　我用雷射切割紙張。

❹ The **a**gent had a **ba**sic service plan.
　代理商之前有一個基本的服務計畫。

❺ I need a **fa**vour from **Da**vid.
　我需要大衛幫我一個忙。

long e

MP3 2-15

發音重點
- 發音位置置中
- 唯一不是雙母音的長母音

發音方式
- 嘴巴微張
- 嘴形呈微笑狀，稍微看到牙齒，嘴形比短母音 i 更扁
- 舌根抬高，舌尖在下門牙的後面

容易混淆的發音

he 他　vs　**hit** 打

範例 1

» **She** 她 / **re**cently 最近 / **Pe**ter 彼得 / **be**lief 信念
She and **Pe**ter recently questioned their **be**lief.
她和彼得最近開始質疑他們的信念。

範例 2

» **E**than 伊森 / **re**gret 後悔 / **se**cret 祕密 / **Pe**ter 彼得
Ethan **re**grets spilling the **se**cret to **Pe**ter.
伊森很後悔向彼得透露這個祕密。

字彙表

be v. 「是」或「在」 的動詞	**even** adv. 甚至	**fever** n. 發燒	**recently** adv. 最近
Cesar n. 凱薩	**evoke** v. 激起	**illegal** adj. 違法的	**regal** adj. 帝王的
decent adj. 正派的	**ego** n. 自我	**media** n. 媒體	**genius** n. 天才
Ethan n. 伊森	**evil** adj. 邪惡的	**equal** adj. 公平的	**secret** n. 祕密
equal adj. 等同	**female** n. 女性	**Peter** n. 彼得	**Venus** n. 金星

練習題

MP3 2-16

❶ **Be** careful not to lose the **me**dia file.
　小心不要弄丟媒體檔案。

❷ **Pe**ter had a **fe**ver **re**cently.
　彼得最近發燒了。

❸ The man's **e**vil acts **e**voke fear.
　男人的邪惡行為引起了恐懼。

❹ There are some **e**vil **fe**male characters in films.
　電影中有一些邪惡的女性角色。

❺ A **de**cent person will not do anything il**le**gal.
　一個正直的人不會做違法的事情。

long i

MP3 2-17

發音重點
- 發音位置靠後
- 屬於雙韻母發音
- 想像唸 ah 後連帶發出長母音 e 的發音

發音方式
- 嘴巴打開，接著嘴巴稍微關起來
- 保持嘴唇放鬆，接著稍微左右拉伸它們
- 舌頭先往下壓再抬高並向前推

容易混淆的發音

hi 你好　vs　**silent** 沉默

範例 1

» **i**ron 鐵 / **bi**cycle 腳踏車 / de**sign**ed 設計 / **qui**et 安靜

The **i**ron **bi**cycle was de**sign**ed to be **qui**et.

這台鐵製腳踏車設計得很安靜。

範例 2

» **Bri**an 布萊恩 / **tri**al 試驗 / **sci**ence 科學 / **ri**ot 騷亂

Brian did the **tri**al test in the **sci**ence lab before the **ri**ot.

在騷亂發生前，布萊恩在科學實驗室做了試驗。

字彙表

bias n. 偏見	diverse adj. 多樣的	hibernate v. 冬眠	Miami n. 邁亞密
Bible n. 聖經	pilot n. 飛行員	high adj. 高	prior adj. 之前
biography n. 傳記	fibre n. 纖維	violet n. 紫羅蘭色	Siberia n. 西伯利亞
bicycle n. 腳踏車	lioness n. 母獅	liable adj. 負責任	violin n. 小提琴
pirate n. 海盜	gigantic adj. 巨大的	ivory n. 象牙	tiger n. 老虎

練習題

MP3 2-18

❶ **Li**ons do not **hi**bernate.
獅子不會冬眠。

❷ This **vi**olin is made of **fi**bre.
這把小提琴是用纖維製成的。

❸ I will **dri**ve to **Mi**ami.
我會開車到邁阿密。

❹ The **Bi**ble is not a **bi**ography.
聖經不是一本傳記。

❺ I saw a **gi**gantic **ti**ger in **Si**beria.
我在西伯利亞看到一隻巨大的老虎。

long O

MP3 2-19

發音重點
- 發音位置靠前
- 屬於雙韻母發音
- 想像發成 uh，然後滑到 oo

發音方式
- 嘴巴微張開，然後稍微閉上
- 嘴唇一開始放鬆，隨著發音變成嘟嘴狀
- 壓舌根，舌尖放鬆並平放在門牙前

容易混淆的發音

so 所以　vs　**saw** 看見

範例 1

» **go** 去 / to**ma**to 番茄 / po**ta**to 馬鈴薯

I need to **go** get a to**ma**to and po**ta**to.
我需要去買一個番茄和馬鈴薯。

範例 2

» **o**val 橢圓形 / avoca**do** 酪梨 / **o**ver**flow**s 散發 / a**ro**ma 香味

The **o**val avoca**do** **o**ver**flow**s with sweet a**ro**ma.
橢圓形的酪梨散發著甜美的香氣。

字彙表

open (v.) 打開	nosy (n.) 八卦	polo (n.) 馬球	robust (adj.) 強壯的
focus (v.) 聚焦	solo (n.) 獨奏	open (v.) 打開	no (det.) 不
bonus (n.) 獎金	total (adj.) 全部的	local (adj.) 當地的	broken (adj.) 壞掉
hotel (n.) 飯店	go (v.) 去	logo (n.) 標誌	moment (n.) 時刻
robot (n.) 機器人	motto (n.) 座右銘	yoga (n.) 瑜珈	motor (n.) 引擎

練習題

MP3 2-20

❶ The **ro**bot in the **ho**tel was incredibly helpful.
飯店裡的機器人非常有幫助。

❷ She decided to **fo**cus on her **yo**ga practice every morning.
她決定每天早上專注於她的瑜珈練習。

❸ After the game of **po**lo, they all went to the **ho**tel to rest.
在馬球比賽結束後，他們都去飯店休息。

❹ The **mo**tor of the **ro**bot needs repair because it is **bro**ken.
這個機器人的引擎需要修理，因為它壞掉了。

❺ He received a **bo**nus for his hard work, making that **mo**ment special.
他因辛勤工作而獲得獎金，這讓那一刻變得特別。

Chapter 2 vowels 母音 045

long u

發音重點
- 發音位置靠前
- 屬於雙韻母發音
- 想像發出 long e 滑到 long oo 的發音
- 注意前面子音需要「滑」到後面的母音
- 跟 you 發音一樣

發音方式
- 稍微張開嘴
- 將嘴唇圍成一個圓圈
- 壓舌根，舌尖放鬆並平放在門牙後

容易混淆的發音

humor 幽默　vs　rumor 傳聞

範例 1

» **stu**dents 學生 / **mu**sic 音樂 / **tu**ba 低音號 / **bu**gle 號角

The **stu**dents here are good at **mu**sic, and some can play the **tu**ba and **bu**gle.

這裡的學生很擅長音樂，有的會吹低音號和號角。

範例 2

» **Mu**tual 共同 / **u**nite 連結 / **hu**man 人類 / **fu**ture 未來

Mutual goals **u**nite the **hu**man **fu**ture.

共同的目標將人類的未來連結在一起。

字彙表

accumulate (v.) 累積	tuba (n.) 低音號	mutate (v.) 變異	mutual (adj.) 共同
cupid (n.) 邱比特	human (n.) 人類	mutable (adj.) 可變的	muscular (adj.) 肌肉發達的
future (n.) 未來	humid (adj.) 潮濕	universe (n.) 宇宙	music (n.) 音樂
Hugh (n.) 休	stupid (adj.) 笨的	university (n.) 大學	usual (adj.) 平常的
pupil (n.) 學生	student (n.) 學生	unite (v.) 連結	uniform (n.) 校服

練習題

MP3 2-22

❶ The muscular athlete played the tuba in the university band.
這位肌肉發達的運動員在大學樂隊中吹低音號。

❷ The pupils hate the humid weather.
學生們討厭潮濕的天氣。

❸ Hugh plans to study music at the university next year.
休計畫明年在大學學習音樂。

❹ Cupid is known for uniting human couples.
丘比特以維繫人類情侶聞名。

❺ It's usual for students to wear a uniform at school.
學生在學校穿制服是很常見的。

silent e 無聲字母

當字尾出現 e，也要當成一個音節來發音嗎？

只要看到這個結構：

> 子音 + 母音 + 子音 + *e*
> （CVC + *e*）

我們稱這種 e 為：**silent e（無聲 e）**

這個 e 不發音，它是一個「影響前面母音發音」的角色，會讓前面的母音發成長母音（long vowel sound）。

---

silent e　　　　　　　　　　　MP3 2-23

發音重點

> 發音方式與長母音一樣

- m**a**te 朋友
- b**i**te 咬
- n**o**te 筆記
- h**u**ge 巨大的

字彙表

a	mate (n.) 朋友	gate (n.) 大門	make (v.) 製作	save (v.) 保留
e	Pete (n.) 彼特	gene (n.) 基因	theme (n.) 主題	scene (n.) 場景
i	nine (n.) 九	bike (n.) 腳踏車	hide (v.) 躲藏	kite (n.) 風箏
o	bone (n.) 骨頭	cone (n.) 圓錐體	hope (n.) 希望	note (n.) 紙條
u	cube (n.) 方塊	fume (v.) 發怒	puke (v.) 嘔吐	tube (n.) 管子

練習題

MP3 2-24

❶ She made a cute cake for her friend. 她為朋友做了一個可愛的蛋糕。

❷ He rode his bike to the park. 他騎腳踏車去公園。

❸ The nice teacher gave a prize to the student.
友善的老師頒發了獎品給學生。

❹ The dog chases a white kite. 狗追著一個白色的風箏。

❺ I made a cute vase for my mate. 我為我的朋友做了一個可愛的花瓶。

❻ Those little mice hide in the rice. 那些小老鼠躲在米裡。

vowel team 母音組合

前面的例子可能讓你有一種感覺：一個單字裡，母音 *vowel* 數量即音節 *syllable* 數量，但真的是這樣嗎？讓我們先來看看以下兩個單字。

- *lion*：有兩個音節 *syllable* (*li-on*)
- *boat*：只有一個音節 *syllable* (*boat*)

是不是覺得很奇怪呢？

首先我們要提到一個概念叫做二合字母 *digraph*。

digraph 二合字母　　　　　　　MP3 2-25

chance 機會　**cash** 現金　**food** 食物

▸ 兩個字母組合在一起，形成一個新的發音，且只發出一個音
▸ 二合字母 *digraph* 可以由子音組成，也可以由母音組成

digraph ≠ blend（拼音混合）
▸ blend：每個字母的音都能聽到（如 bl、gr）
▸ digraph：兩個字母只發出一個新音（如 ch）

vowel team 母音組合

MP3 2-26

來看看及聽聽以下的單字，你有發現什麼特別的地方嗎？

r**ai**n 雨

t**ea** 茶　　br**ea**d 麵包

w**ei**ght 重量　　h**ei**ght 高度

l**ou**d 大聲　　th**ou**ght 想法

fam**ou**s 有名　　s**ou**p 湯

m**ou**ld 霉　　l**ow** 低　　fl**ow**er 花朵　　b**oy** 男孩

▸ 當兩個母音 *vowel* 組合起來，發出一個音 *sound*，我們就稱它為「母音組合」*vowel team*

▸ 音節 *syllable* 數量只能算一個

▸ 有時候也會看到 w* 或 y* 偷偷出現在 vowel team 裡，或者與其他母音 *vowel* 組成一串 vowel team

*w、y 為半母音 semi-vowel

在看完上述二合字母 *digraph* 的例子後，我們可以歸納出這樣的拼音規則：母音組合 *vowel team*。

	a	e	i	o	u	w	y
a	×	ae	ai	×	au	aw	ay
e	ea	ee	ei	×	eu	ew	ey
i	×	ie	×	×	×	×	×
o	oa	oe	oi	oo	ou	ow	oy
u	ua	ue	ui	×	×	×	×

這樣的**拼音規則**可概分成幾種常見的**發音規則**。

常見母音組合 common vowel teams	long a	ai, ay, ea*, eigh, ey*	bait, play, break, eight, they
	long e	ee, ea, ey*, ei*, ie	feet, tea, key, receive, chief
	long i	ie, ei*, igh	lie, neither, sight
	long o	oa, oe, ow*	boat, canoe
	long u	ew, ue*, eu	few, queue, Europe
其他雙元音組合 other diphthong vowel teams		oi, oy ou, ow*	toilet, boy, house, cow
other vowel teams		oo*, au, aw ou, ea*, ew*, ui	food, haunt, law, touch, bread, flew, bruise

* 發音會依據單字不同而有所變化

r-controlled vowels

― 基礎篇 ―

在英式英語中，r-controlled 發音是由任一母音後接上 r 所形成的特殊發音，是英式發音中非常有代表性的語音特色之一。這裡的 r 不像美式英語那樣捲舌，而是通常不發音，這種現象稱為 non-rhoticity（非捲舌性）。

事實上，在 18 世紀以前，英式英語原本是捲舌的（rhotic），但到了 18 世紀中期，不捲舌的發音方式開始在英國上流社會中流行起來。有一種說法認為，這可能是當時的貴族模仿法國上層階級的語音風格（因為法語沒有捲舌 r），但這個說法並沒有被語言學界正式證實。

儘管如此，當時這種「不發 r」的方式被視為較高級、有文化的講法，逐漸變成一種身份地位的象徵。因此，多數英格蘭地區的英語使用者也跟進模仿，放棄發出單字結尾的 r 音。久而久之，這種語音特徵與階級意識緊密相連，成為象徵上流社會教養與文化資本的一部分。

---

ar   MP3 2-27

發音重點
- 發音位置靠後
- 想像給醫師檢查喉嚨，發出「啊」的聲音
- r 不捲舌

發音方式
- 張開嘴巴
- 嘴唇放鬆
- 舌頭放鬆，舌尖放在下排牙齒後面

car 車子   **far** 遠

註 跟第二種 long a 的英式發音方式一樣，請看 Ch3「特別的英式發音」

範例 1

» farmer 農夫 / park 停車 / car 車子 / barn 穀倉 / star 星星

The farmer parked his car at the barn and saw a star in the dark sky.
農夫把車停在穀倉，在黑暗的天空中看到一顆星星。

範例 2

» Arthur 亞瑟 / sharp 尖銳 / alarm 警報 / arcade 遊戲場 / bazaar 市集

Arthur heard a sharp alarm coming from the arcade and the bazaar.
亞瑟聽到了來自遊戲場和市集的尖銳警報聲。

字彙表

carpet (n.) 地毯	depart (v.) 啟程	harmony (n.) 合聲	parsley (n.) 西芹
carnival (n.) 嘉年華	embark (v.) 登船	harvest (n.) 收成	part (n.) 部分
carton (n.) 紙盒	garlic (n.) 蒜頭	margin (n.) 差額	remark (v.) 談論
cartoon (n.) 卡通	guitar (n.) 吉他	marble (n.) 大理石	spark (n.) 火花
Carmen (n.) 卡門	hard (adj.) 困難的	marketing (n.) 行銷	target (n.) 目標

練習題

MP3 2-28

❶ It was hard to find a marketing target. 要找到營銷目標很困難。

❷ We harvested the parsley from the garden. 我們從花園裡收割了西芹。

054

❸ Carmen made a remark about the harmony in the song.
卡門對這首歌的和聲發表了評論。

❹ The guitar part was very hard.　　吉他的部分很困難。

❺ They watched a cartoon on the carpet at the carnival.
他們坐在嘉年華的地毯上看了一部卡通。

---

er / ir / ur

MP3 2-29

發音重點
- 發音位置靠前
- r 不捲舌
- er / ir / ur 皆為同個發音

發音方式
- 稍微張開嘴
- 輕微嘟嘴唇
- 壓舌根，舌尖碰到門牙

her 她的　　fir 冷杉　　fur 毛皮

範例 1

» her 她的 / bird 鳥 / church 教堂 / chirp 啁啾聲 / perch 棲息
Her bird at the church chirped as it perched on the tree.
她在教堂的鳥棲息在樹上，發出啁啾聲。

範例 2

» first 第一 / third 第三 / nurse 護士 / dirt 泥土 / shirt 襯衫
The first and the third nurse had dirt on their shirts.
第一位和第三位護士的襯衫上沾滿了泥土。

字彙表

birth n. 誕生	curve n. 曲線	herd n. 牧群	sturdy adj. 結實的
blur v. 模糊	fern n. 蕨類	merge v. 合併	term n. 學期
burst v. 爆裂	fur n. 毛	purple n. 紫色	turn v. 轉動
confirm v. 確認	girl n. 女孩	purse n. 錢包	turtle n. 烏龜
curly adj. 捲曲的	hurt v. 傷害	stern adj. 苛刻的	urge v. 敦促

練習題

MP3 2-30

❶ The turtle has a hard shell to protect it from being hurt.
這隻烏龜有一個堅硬的外殼，可以保護牠免受傷害。

❷ That girl has a purple purse.
那個女孩有一個紫色的錢包。

❸ The bubbles merged but then burst.
泡沫融合在一起，但隨後就破了。

❹ My stern boss confirmed the new terms.
我那苛刻的老闆確認了新條款。

❺ This herd of goats has curly fur.
這群山羊有捲曲的毛。

or

MP3 2-31

發音重點
- 發音位置靠後
- r 不捲舌

發音方式
- 嘴巴微打開，口腔需要打開至足夠空間
- 嘟嘴唇
- 舌根往下壓，舌尖不會碰到牙齒

f**or**k 叉子　l**or**d 貴族

範例 1

» m**or**ning 早上 / st**or**m 暴風雨 / imp**or**ted 進口的 / c**or**n 玉米

The m**or**ning st**or**m ruined the imp**or**ted c**or**n.
早上的暴風雨毀掉了進口的玉米。

範例 2

» h**or**se 馬 / sh**or**t 短 / c**or**d 繩子 / f**or** 為了 / sp**or**t 運動

The h**or**se wears a short c**or**d f**or** the sp**or**t.
這匹馬為了這項運動戴著一條短繩。

字彙表

born (v.) 出生	bore (v.) 厭煩	lord (n.) 勳爵	sort (v.) 整理
chore (n.) 家事	floor (n.) 地板	mourn (v.) 哀悼	thorn (n.) 刺
core (n.) 核心	form (n.) 格式	north (n.) 北方	torch (n.) 手電筒
board (n.) 木板	four (adj.) 四	pork (n.) 豬排	York (n.) 約克
boar (n.) 野豬	horn (n.) 喇叭	shore (n.) 岸邊	sword (n.) 劍

練習題

MP3 2-32

❶ The lord lived in the north.　　勳爵住在北邊。

❷ She was born in York.　　她在約克出生。

❸ I saw a boar by the shore.　　我在岸邊看到一隻野豬。

❹ There were four swords on the board.　　木板上有四把劍。

❺ Please sort the toys on the floor.　　請把地板上的玩具整理好。

― 進階篇 ―

以下是基本 r-controlled 拼字和發音的變形。這些變形是由母音與 r 所組成的三個字母的組合，具有不同的發音方式。

air / are / ear / ere　MP3 2-33

發音重點
- 發音位置靠前
- r 不捲舌
- air / are / ear / ere 皆為同個發音
- 與 short e 發音類似，但發音時間較長

發音方式
- 張大嘴巴
- 稍微往左右伸展嘴唇
- 放鬆舌頭，舌尖放在下門牙的後面

f**air** 公平　f**are** 車費　t**ear** 撕開　th**ere** 那裡

註 三個字母的 r-controlled 可能會有多於一種發音

範例 1

» th**ere** 那裡 / b**ear** 熊 / h**are** 野兔 / comp**are** 比較 / f**air** 公平

Th**ere** is a b**ear** and a h**are**, and they want to be comp**are**d and it must be f**air**.

有一隻熊和一隻野兔，牠們想被公平地比較。

範例 2

» r**are** 罕見 / p**air** 一對 / imp**air** 受損 / m**are** 母馬 / c**are** 照顧

The r**are** p**air** of imp**air**ed m**are**s needed c**are**.

這對罕見有缺陷的母馬需要照顧。

字彙表

bare adj. 赤裸的	dairy n. 奶製品	pair n. 一對	tear v. 撕開
care v. 在意	fare n. 車票價	rare adj. 稀有的	unfair adj. 不公平的
Claire n. 克萊兒	flare v. 燃燒	share v. 分享	wear v. 穿
dare v. 竟敢	hair n. 頭髮	stairs n. 階梯	wheelchair n. 輪椅
despair n. 絕望的	lair n. 巢穴	spare adj. 多餘的	rear n. 背部

練習題

MP3 2-34

❶ Claire wears a rare hat.
克萊兒戴著一頂稀有的帽子。

❷ Don't you dare touch my hair.
你敢摸我頭髮試試！

❸ Don't go out bare. Wear something!
不要光著身子出門。穿點東西！

❹ The fare is unfair for those in wheelchairs.
這個票價對坐輪椅的人不公平。

❺ She sits on the stairs, feeling despair, but no one cares.
她坐在樓梯上，感到絕望，但沒人在意。

ear / eer / ere

MP3 2-35

發音重點
- 發音位置靠前
- r 不捲舌
- ear / eer / ere 皆為同個發音
- 類似雙韻母發音
- 前面與 long e 發音類似

發音方式
- 嘴巴微張
- 嘴唇稍微呈微笑狀
- 舌頭放鬆並放平

h**ear** 聽見　d**eer** 鹿　h**ere** 這裡

註 三個字母的 r-controlled 可能會有多於一種發音

範例 1

» f**ear**less 無所畏懼 / pion**eer** 先驅 / volunt**eer** 自願 / cl**ear** 清理 / d**eer** 鹿 / b**eer** 啤酒

The f**ear**less pion**eer** volunt**eer**ed to cl**ear** the b**eer** h**ere**.
無所畏懼的先驅自願清理這裡的啤酒。

範例 2

» h**ear** 聽 / p**eer** 同僚 / n**ear**by 附近 / ch**eer**ing 歡呼 / car**eer** 職業生涯

I can h**ear** my p**eer**s n**ear**by ch**eer**ing for their car**eer**.
我可以聽到附近的同僚為他們的職業生涯歡呼。

字彙表

app**ear** v. 出現	f**ier**ce adj. 兇猛的	m**ere**ly adv. 僅僅	sph**ere** n. 球狀物
b**ear**d n. 鬍子	g**ear** n. 裝備	ch**eer** v. 歡呼	st**eer** n. 方向盤
cashm**ere** n. 羊絨	h**ere** adv. 這裡	n**ear** prep. 靠近	t**ear** n. 眼淚
d**ear** adj. 親愛的	h**ear** v. 聽到	sinc**ere** adj. 真誠的	w**eir**d adj. 奇怪的
f**ear** n. 害怕	interf**ere** v. 干預	sn**eer** v. 嘲笑	y**ear** n. 年份

練習題　MP3 2-36

❶ My b**ear**d started to app**ear** last y**ear**.　我的鬍子去年開始長出來。

❷ You'll need some g**ear** for the f**ier**ce d**eer**.
你需要一些裝備來對付兇猛的鹿。

❸ It is w**eir**d to h**ear** that you are in f**ear**.　聽到你在害怕真的很奇怪。

❹ Come h**ere** my d**ear**. Look at the sph**ere**.　親愛的過來這。看看這個球體。

❺ Do not sn**eer** at my cashm**ere** jumper.　不要嘲笑我的羊絨毛衣。

❻ The actor you ch**eer**ed for was m**ere**ly sinc**ere**.
你為之歡呼的那位演員只是表現得真誠而已。

062

ire

MP3 2-37

發音重點
- 發音位置置中
- r 不捲舌
- 類似雙韻母發音
- 與 long i 發音類似
- 發音結尾以 uh 輕輕帶過

發音方式
- 嘴巴打開，口腔必須有足夠的空間發出 ah 的音，結尾以 uh 輕輕帶過
- 嘴唇放鬆
- 壓舌根，舌尖不會碰到下排門牙牙齒

fire 火　**tire** 輪胎

範例 1

» admire 敬佩 / tireless 不屈不撓 / inspire 激勵 / retiree 退休人士 / require 需要 / desire 欲望

I admire her tireless efforts to inspire the retiree. It requires a lot of desire.

我很敬佩她不屈不撓地去激勵這些退休人士。這需要很強大的欲望。

範例 2

» aspire 渴望 / acquire 獲得 / entire 整個 / diary 日記 / retire 退休

I aspire to acquire the entire diary before I retire.

我渴望在退休前獲得整本日記。

字彙表

acqu**ire** (v.) 取得	emp**ire** (n.) 帝國	des**ire** (n.) 渴望	sp**ire** (n.) 尖塔
backf**ire** (n.) 反效果	exp**ire** (v.) 過期	pr**ior** (adj.) 優先	t**ire** (n.) 輪胎
bonf**ire** (n.) 營火	f**ire** (n.) 火	ret**ire** (v.) 退休	ump**ire** (n.) 裁判
dr**yer** (n.) 乾衣機	ent**ire** (adj.) 整個	sapph**ire** (n.) 藍寶石	vamp**ire** (n.) 吸血鬼
enqu**ire** (v.) 詢問	h**ire** (v.) 雇用	s**ire** (n.) 公馬	w**ire** (n.) 電線

練習題

MP3 2-38

❶ Before they ret**ire**, they will enqu**ire** about the benefits.
他們退休之前，會先詢問有關福利的事。

❷ The bonf**ire** scared the vamp**ire**.
營火嚇到了吸血鬼。

❸ Oh no! The w**ire** broke, and the pass exp**ire**d!
喔不！電線斷了、通行證也過期了！

❹ The emp**ire** acqu**ire**d a sapph**ire**.
這個帝國獲得了一顆藍寶石。

❺ The dr**yer** is on f**ire** because of the w**ire**.
因為電線的關係，乾衣機著火了。

ure

發音重點
- 發音位置靠前
- 類似雙韻母發音
- r 不捲舌
- 發音與 your 發音類似

發音方式
- 嘴巴微張
- 嘴唇稍微用力，微微嘟嘴唇
- 舌頭放鬆，舌尖不會碰到下排門牙

pure 純淨　　cure 治癒

範例 1

» make sure 確保 / procure 取得 / pure 純淨的

I need to make sure that I can procure this pure diamond.

我需要確保我會取得這顆純鑽石。

範例 2

» adjure 懇求 / cure 治癒 / obscure 默默無聞的

He adjured the girl to cure the obscure man.

他懇求女孩治癒這個默默無聞的男人。

字彙表

Immature adj. 不成熟的	assure v. 保證	obscure adj. 朦朧的
allure v. 引誘	immure v. 限制	procure v. 採購
cure v. 治癒	inure v. 使習慣	secure adj. 安全的
demure adj. 端莊的	impure adj. 不純的	lure v. 引誘
epicure n. 美食家	manure n. 肥料	ensure v. 確保

練習題

MP3 2-40

❶ The epicure admired the chef's ability to procure the finest ingredients.
這位美食家很欣賞廚師採購最佳食材的能力。

❷ The demure girl tried to cure the impure water.
這個端莊的女孩試圖治癒不純淨的水。

❸ He is too immature, but I assure you we will ensure his safety.
他太不成熟了，但我保證我們會確保他的安全。

c-le

c-le 意指子音 *consonant*+le，通常出現在單字的尾端，le 會跟前面的子音組成一個音節組合。

---

c-le　　　　　　　　　　　　　　　MP3 2-41

發音重點
- 發音位置靠後

發音方式
- 嘴巴放鬆
- 舌尖放鬆
- 壓舌根，同時舌尖往上，會碰到上排門牙後牙齦

google** 谷歌　　**turtle** 烏龜

範例 1

» wad**dle**d 搖搖擺擺地走 / ta**ble** 桌子 / gig**gle** 傻笑 / ap**ple** crum**ble** 蘋果金寶 *

The baby wad**dle**d to the ta**ble** and gig**gle**d at the ap**ple** crum**ble**.
嬰兒搖搖晃晃地走到桌子旁，看著蘋果金寶咯咯地笑。

＊蘋果金寶為英式甜點，與肉桂蘋果派類似

範例 2

» hum**ble** 謙虛 / fa**ble** 寓言故事 / peo**ple** 人們 / driz**zle** 細雨

The hum**ble** man read the fa**ble** to the peo**ple** under the driz**zle**.
謙虛的男人在細雨下唸寓言故事給人們聽。

字彙表

baffle v. 使困惑	ladle n. 勺子	puddle n. 水坑
cattle n. 牛	noodle n. 麵	saddle n. 馬鞍
cradle n. 搖籃	pebble n. 鵝卵石	startle v. 嚇到
grumble v. 抱怨	pickle n. 酸菜	tangled adj. 糾結的
juggle v. 玩弄；雜耍	puzzle n. 謎題	wrestle v. 摔角

練習題

MP3 2-42

❶ The kitten tried to juggle the pickle with its paws.
小貓試圖用爪子玩弄泡菜。

❷ The men wrestled in the puddle.
男人們在水坑裡摔角。

❸ She used a ladle to serve the noodle soup.
她用湯勺盛麵湯。

❹ The puzzle was so hard that it made her grumble.
這個謎題太難了，以致於讓她一直抱怨。

❺ He found a pebble in the cradle.
他在搖籃裡發現了一顆鵝卵石。

特別的英式發音

▸ the British 'broad a'

broad a = long a = r-controlled ar?

broad a 雖然被歸類在 long a 發音中，但其實與 r-controlled 的 ar 相同，是英式英語 RP 口音特徵之一。這個發音並沒有特定的拼音規則，通常會跟隨一些特定的雙子音組合，如 -ss、-ft、-sk、-st 和 -th 等。

---

broad a　　　　　　　　　　　　　　　　MP3 2-43

發音重點　　　　　　　　　　　**發音方式**

▸ 與 father 的 a 或 r controlled 的 ar 一樣發音　　▸ 張開嘴巴

▸ 發音位置靠後　　　　　　　　　▸ 嘴唇放鬆

▸ 想像給醫師檢查喉嚨，發出「啊」的聲音　　▸ 舌頭放鬆，舌尖放在下排牙齒後面

聽聽示範音檔比較**英式**與**美式**發音的差異：

can't 不行　　**grass** 草　　**fast** 快速

範例 1

» father 爸爸 / can't 不會 / dance 跳舞
　My father can't dance.　　我的爸爸不會跳舞。

範例 2

» class 班級 / dancing 跳舞 / grass 草地
　The class is dancing on the grass.　這個班級正在草地上跳舞。

字彙表

pass (v.) 傳遞	brass (n.) 黃銅	laugh (v.) 大笑	glass (n.) 玻璃
after (adv.) 之後	craft (n.) 手工藝	draft (n.) 草稿	raft (v.) 泛舟
ask (v.) 詢問	mask (n.) 口罩	task (n.) 任務	cask (n.) 圓木桶
cast (n.) 全體演員	fast (adj.) 快速的	last (n.) 最後的人	blast (v.) 炸毀
bath (n.) 泡澡	path (n.) 小路	rather (adv.) 寧願	father (n.) 父親
dance (v.) 跳舞	chance (n.) 機會	prance (v.) 蹦蹦跳跳	answer (n.) 答案

練習題

MP3 2-44

❶ She is prancing and dancing on the ranch. 她在牧場上又蹦又跳。

❷ I am not fast. I'm always last.　　　　我速度不快。我總是最後一個。

❸ I will ask her if she passed on the task.
我會問她是否已經傳遞了這個任務。

❹ What is the mass of the brass and the glass? 黃銅和玻璃的重量是多少？

❺ I need to take a bath after rafting.　　泛舟結束後我要去泡個澡。

❻ Put your mask on before you do your craft.　做手工前先把口罩戴上。

070

弱元音

　　the schwa sound 弱元音 是出現在單字音節裡的輕聲。在多音節單字裡，有些音節不會按照母音發音規則發音，改發成 uh，聽起來幾乎沒有發出聲音，因此也被稱為 the lazy sound 懶惰音。

發音重點
- 發音位置靠前
- 想像在發短母音 u 或 用中文說「呃」
- 發音非常輕且快速

發音方式　　　MP3 2-45
- 嘴巴微微張開
- 嘴唇放鬆
- 舌頭放鬆放平

alarm 鬧鐘　　**item** 物品
butter 奶油　　**bottom** 底部
focus 聚焦　　**analysis** 分析

註 在句子中，許多原本不是 schwa 音的單字，也可能因為語流的自然節奏而變成 schwa 發音。（請詳見 Ch4「節奏篇」）

什麼時候使用 *the schwa sound* 弱元音？

　　schwa 並沒有一套特定的發音規則，但通常會出現在單字的輕音音節或一個句子的虛字中（詳細講解可參考 Ch4「節奏篇」）。

schwa 常出現的幾種情況

1. 單字的第二個音節

lem**o**n 檸檬　　el**e**phant 大象　　hosp**i**tal 醫院

2. short a 開頭的多音節單字

alarm 鬧鐘　　**a**broad 國外　　**a**go... 前

3. a 結尾單字

dram**a** 戲劇　　pizz**a** 披薩　　past**a** 義大利麵

4. 部分接尾詞單字 (suffix)

sad**ness** 悲傷　　free**dom** 自由　　reck**less** 魯莽的　　mo**tion** 動力

英式英語獨有的 schwa

除了上述常見的情況外，還有英式英語特有的 schwa，通常出現在帶有 r 的音節中。美式英語會強調 r 的捲舌音，但英式英語中的 r 結尾單詞不會捲舌。

1. er、or 結尾

fath**er** 父親　　fev**er** 發燒　　teach**er** 老師
doct**or** 醫生　　act**or** 演員　　fact**or** 因素

2. 子音 + ure

crea**ture** 生物　　in**jure** 受傷　　na**ture** 大自然
struc**ture** 結構　　mea**sure** 測量　　sculp**ture** 雕像

範例 1

» fa**mous** 著名的 / photograph**er** 攝影師 / cap**ture**d 捕捉 / mo**ment** 時刻
That fa**mous** photograph**er** cap**ture**d this mo**ment**.
那位著名的攝影師捕捉了這一刻。

範例 2

» swimm**er** 游泳者 / **a**lone 孤獨 / **a**round 周圍；邊 / si**lent** 寂靜
This swimm**er** felt **a**lone **a**round that si**lent** lake.
這位游泳者在那寂靜的湖邊感到孤獨。

練習題

MP3 2-46

❶ The sail**or**s always have bac**o**n in their break**fast**.
水手們的早餐總是有培根。

❷ I am cer**tain** that the fa**mous** writ**er** is in his room **a**lone.
我確定這位著名作家獨自一人在他的房間裡。

❸ There are sev**en** runn**er**s and swimm**er**s.
有七名跑步者和游泳者。

❹ How many lett**er**s are there in the alph**a**bet?
英文字母裡有多少個字母？

❺ I op**e**ned the brok**en** box and there was powd**er** inside.
我打開壞掉的盒子，裡面有粉末。

❻ It tor**ture**s me to read the newspaper as my vi**sion** is getting worse.
由於我的視力越來越差，看報紙對我來說是一種折磨。

❼ I cap**ture**d the perfect mo**ment** on camer**a**.
我用相機捕捉了完美的時刻。

❽ There are some proce**dure**s to follow before you manufac**ture** this product.　在製造該產品之前需要執行一些程序。

母音發音比較

> Hi, I'm K<u>a</u>ne.　　　　　　你好，我是 Kane。
> Nice to meet you, K<u>e</u>n.　　很高興認識你，Ken。

> Would you like some c<u>o</u>ke?　你想喝點可樂嗎？
> Yes, c<u>o</u>ck, please.　　　　好，公雞，麻煩了。

中文注音缺乏對應英文的拼字系統，讓學習者難以感知英文發音的不同之處，加上大腦已經習慣了中文，容易將不熟悉的聲音誤認為母語中相似的聲音，進而影響英語發音的能力。

> 普遍常唸錯母音的單字
> n<u>a</u>me 名字　　b<u>ea</u>ch 沙灘　　h<u>i</u>t 打　　l<u>ow</u> 低

▸ 雙母音發音的影響

長母音 long vowel 多屬**雙母音** diphthong 發音，以單母音發音開始，在同一音節中滑入另一個母音，是以注音方式學中文的學習者最常見的發音問題，某些長母音跟短母音總是唸不出差別，也不會發現其中的差異，其中一個原因是中文注音系統以單母音發音居多，因此較不習慣發出英文常見的雙母音發音。

要克服這個問題，最重要的是多聽、多練習，熟悉母音的發音方式及嘴形的變化，讓自己逐漸熟悉，並適應新的聲音系統。

> 本章節學習方式：
> 1. 先自己唸一次框框裡的對照組單字並錄音
> 2. 掃描第一頁的 QR Code，按照 MP3 編號聆聽示範音檔
> 3. 播放剛剛錄的音檔，比較自己的發音跟示範音檔，是否聽得出差異？

long a vs short e

MP3 2-47

- long a 為雙母音，關鍵在於從第一個音順暢地滑向第二個音，會有嘴形的改變
- short e 為單母音，嘴形不會改變

bake 烤	vs	Beck 貝克
ache 疼痛	vs	egg 雞蛋
lake 湖	vs	leg 腿
mane 鬃毛	vs	men 男人們

Chapter 2　vowels 母音　075

範例 1

» m**en** 男人們 / b**a**ke 烤了 / t**en** 十個 / c**a**ke 蛋糕 / r**ed** 紅色 / gr**a**pe 葡萄
The **men** b**a**ked t**en** c**a**kes and put r**ed** gr**a**pes on each one.
男人們烤了十個蛋糕，然後在每個蛋糕上放了紅葡萄。

範例 2

» m**en** 男人 / n**a**me 名字 / K**en** 肯 / K**a**ne 凱恩 / c**a**me 來過 / g**a**me 遊戲
Two m**en** n**a**med K**en** and K**a**ne c**a**me to watch the g**a**me.
兩個叫肯跟凱恩的男人來看比賽。

字彙表

long a		short e	
b**ai**t (n.) 餌	r**ai**n (n.) 雨	b**e**d (n.) 床	n**e**st (n.) 鳥巢
c**a**pe (n.) 披肩	cr**a**ve (v.) 渴望	b**e**ll (n.) 鐘	p**e**n (n.) 筆
r**a**ke (n.) 耙子	s**ai**nt (n.) 聖人	d**e**sk (n.) 桌子	s**e**ven (adj.) 七個
f**a**ke (adj.) 假的	t**a**ke (v.) 拿	**e**gg (n.) 雞蛋	t**e**n (adj.) 十個
l**a**te (adj.) 遲到的	p**a**per (n.) 紙張	m**e**n (n.) 男人	v**e**t (n.) 獸醫

練習題　　　　　　　　　　　　　　　　　　　MP3 2-48

❶ There is a **ca**p**e** on the **be**d.
床上有一件披肩。

❷ I used the **e**gg as **bai**t.
我用雞蛋作為誘餌。

❸ I will **ta**k**e** the **pe**n and **pa**per on the **de**sk.
我會去拿桌上的筆和紙。

❹ The **me**n will take ten **ra**k**e**s.
男人們會拿十個耙子。

❺ The **ve**t was **la**t**e** because of the **rai**n.
因為下雨的關係，獸醫遲到了。

❻ I **ma**d**e** a **fa**k**e** **ne**st with **pa**per.
我用紙做了一個假鳥巢。

memo

short o vs r-controlled or

MP3 2-49

- long o 為雙母音，在第一個音順暢地滑向第二個音，嘴形從圓滑向收緊，口腔動作變化明顯
- r-controlled or 只有單一嘴形，音色較暗、位置靠後

fog 霧 vs **fork** 叉子

stomp 跺腳 vs **storm** 暴風雨

pot 壺 vs **port** 港

hog 豬 vs **hawk** 鷹

範例 1

» dog 狗 / saw 看到 / corn 玉米 / cob 棒子 / on 上 / floor 地板
The **dog** saw a **corn** on the **cob** on the **floor**.
狗狗看到地板上有一根玉米棒。

範例 2

» naughty 頑皮 / daughter 女兒 / doctor 醫生 / storm 暴風雨
I couldn't take my **naughty daughter** to see the **doctor** because of the **storm**.
因為暴風雨的關係，我無法帶頑皮的女兒去看醫生。

字彙表

short o		r-controlled or	
B**o**b n. 鮑伯	h**o**nest adj. 誠實	**Au**gust n. 八月	h**or**n n. 喇叭
c**o**bweb n. 蜘蛛網	h**o**t adj. 熱的	b**or**n v. 出生	l**au**nch v. 啟動
comm**o**n adj. 常見的	pr**o**blem n. 問題	d**aw**n n. 清晨	n**or**th n. 北方
d**o**t n. 點	pr**o**per adj. 合適的	dr**aw** v. 畫畫	p**au**se v. 暫停
fr**o**g n. 青蛙	r**o**cket n. 火箭	f**or** prep. 給	p**or**t n. 港口

練習題

MP3 2-50

❶ **B**ob was **b**orn in **Au**gust. 鮑伯在八月出生。

❷ It is **n**ot as **h**ot if you live up **N**orth. 如果你住在北邊會沒那麼熱。

❸ I want to **dr**aw a **fr**og on a **c**obweb. 我想畫一隻在蜘蛛網上的青蛙。

❹ There will be a **pr**oblem if you **p**ause the **l**aunch button.
如果你暫停啟動按鈕就會出現問題。

❺ A **r**ocket fell by the **p**ort at **d**awn. 黎明時分，一枚火箭掉落在港口附近。

long o vs aw

MP3 2-51

- long o 為雙母音，在第一個音順暢地滑向第二個音，會有嘴形的改變
- aw 與 r-controlled or 發音相同，只有單一組嘴形，且拼字有多種變化

low 低的	vs	law 法律
oat 小麥	vs	ought 應該
so 所以	vs	saw 看到
drone 無人機	vs	drawn 畫

範例 1

» ought 應該 / grow 種植 / more 多點 / oat 燕麥
You ought to grow more oat.
你應該多種點燕麥。

範例 2

» No 沒有 / saw 看到 / drone 無人機 / bought 購買 / store 商店
No one saw the drone you bought from the store.
沒有人看到你從商店購買的無人機。

字彙表

long o		aw	
broken (adj.) 壞掉的	remote (adj.) 遙距	claw (n.) 爪子	draw (v.) 畫畫
open (v.) 打開	crow (n.) 烏鴉	August (n.) 八月	taught (v.) 教
hotel (n.) 飯店	slow (adj.) 緩慢	caught (v.) 抓到	flawless (adj.) 完美無瑕的
focus (v.) 專注	go (v.) 去	strawberry (n.) 草莓	yawn (v.) 打哈欠
bonus (n.) 額外	toe (n.) 腳趾頭	thought (v.) 以為	brought (v.) 帶

練習題

MP3 2-52

❶ The service in **Au**gust **Ho**tel was slow and **flaw**less.
八月酒店的服務緩慢，也完美無缺。

❷ The **rem**ote was **br**oken, **s**o she took it to the **st**ore.
遙控器壞了，所以她把它帶到商店。

❸ He **th**ought he **br**ought a **b**onus for his team.
他以為他為他的團隊帶來了獎金。

❹ The **cr**ow has sharp **claw**s.　　烏鴉有鋒利的爪子。

❺ They **yaw**n and start to **draw** pictures of **str**awberries.
他們打了個哈欠，然後開始畫草莓的圖片。

short i vs long e

MP3 2-53

- short i 的發音短暫快速，發音嘴形很窄
- long e 發音較長，嘴角向兩側拉開，呈現微笑的扁平狀

live 居住 vs **leave** 離開

still 仍然 vs **steal** 偷竊

範例 1

» Biff / beef 牛肉 / chips 薯條 / cheap 便宜 / dinner 晚餐

Biff had cheap beef and chips for dinner.

Biff 晚餐吃了便宜的牛肉和薯條。

範例 2

» Tim 提姆 / team 團隊 / he 他 / live 住 / with 一起 / Peter 彼得。

Tim from our team said he lives with Peter.

我們團隊的提姆說他跟彼得一起住。

字彙表

short i		long e	
b**i**t (adj.) 一點點	gr**i**n (n.) 微笑	b**ea**t (v.) 打	gr**ee**n (n.) 綠色
f**i**t (v.) 適合 (adj.) 健康的	l**i**p (n.) 嘴唇	f**ee**t (n.) 腳	l**ea**p (v.) 跳躍
l**i**d (n.) 蓋子	b**i**n (n.) 垃圾桶	l**ea**d (v.) 帶領	b**ea**n (n.) 豆子
h**i**t (v.) 打	r**i**p (v.) 撕開	h**ea**t (n.) 熱度	r**ea**p (v.) 收穫
gr**i**t (n.) 砂石	L**i**n (n.) 林	gr**ee**t (v.) 迎接	l**ea**n (adj.) 苗條的

練習題

MP3 2-54

❶ This is the **lid** for the **green bin**.　　這是綠色垃圾桶的蓋子。

❷ There are **beans** in the **bin**.　　垃圾桶裡有豆子。

❸ Sh**e** gr**ee**ts with a **grin**.　　她微笑著打招呼。

❹ **Lin** wants to get **lean** and **fit**.　　林想要變得苗條、健康。

❺ Th**ese** shoes don't **fit** my **feet**.　　這雙鞋不適合我的腳。

❻ H**e** **hit** his **lip** when h**e** fell after **leap**ing over the **bin**.
他跳過垃圾桶後摔倒時撞到了嘴唇。

❼ With a **grin**, h**e** **ripp**ed the **lid** off the **bin** and found some **beans**.
他笑著打開垃圾桶的蓋子，發現了一些豆子。

Chapter 3

consonants 子音

一般發音

母音以外的字母都是子音子音與母音最大的差別在於氣流的阻礙，發子音時，氣流會受到發聲器官（如舌頭、牙齒、嘴唇等）的干擾，產生短促、間斷、或衝擊式的聲音。而母音則是在口腔內氣流暢通、聲音連續。與母音一樣，子音也會組成不同的組合，如子音結合 consonant digraphs（如 th / sh）或子音混合音 Consonant blends（如 bl / gr / tr），而發出不同的聲音。

ㄅ、ㄆ、ㄇ、ㄈ

來試試這個小實驗：請你唸出「ㄅ、ㄆ、ㄇ、ㄈ」這幾個注音符號。注意你是否在每個音後面，自然地加上了一個「ㄜ」的聲音？想像把這幾個注音符號隱含的「ㄜ」音拿掉，你還能大聲的唸出來嗎？是不是只剩下一些唇齒的聲響呢？這就是英文子音的發音概念。

英文的子音本身不具備母音元素，不像注音符號的子音可以「單獨發出聲音」，因此很多非母語學習著常誤解而把英文子音發得又大聲又響亮。這種情況不只中文母語者會出現，其實很多日本人在說英文的時候，也會因為母語的發音習慣，把子音後面加上母音，導致英文聽起來不夠自然。

> *Mike glad bright*
> 唸出上面三個單字，數數看唸出幾個音節？

　　許多老師在教子音時，習慣在子音後面加上「ㄜ」這個母音當輔助。這樣做的一個原因是，子音發音時音量較小，特別是唇齒音或氣音，無法讓學生輕易聽清楚。因此，老師只能加上母音來增強音量，好讓學生清楚地聽到子音的發音。但長久下來，如果你在練習時也跟著把每個子音都加上「ㄜ」來輔助，就會不小心拉長音節，影響發音準確度與節奏感。

　　綜合以上原因，中文母語者逐漸形成這樣的壞習慣，容易不自覺地把子音和該輔助母音一起唸出來，把原本清脆的子音變成混濁的音節。

▶ plosives 塞音：b / p、d / t、g / k

　　塞音在發聲的時候，會先將口腔某個部分緊閉，阻止氣流通過，再快速打開送出氣流，形成在某個瞬間把氣噴出來的聽覺效果，可以想像是「氣體被關住，突然爆開」的聲音。

MP3 3-01

▶ **voiced 有聲**：發音時聲帶會震動，送氣時會形成類似蚊子的聲音
▶ **voiceless 無聲**：發音時聲帶不會震動，利用雙唇製造明顯送氣的聲音

bill 帳單　vs　**p**ill 藥丸
dill 蒔蘿　vs　**t**ill 直到
gill 鰓　vs　**k**ill 殺

🔵 範例

b (voiced)	p (voiceless)	d (voiced)	t (voiceless)	g (voiced)	k (voiceless)
	bilabial 雙唇音 使用上下唇		alveolar 齒齦音 舌尖觸碰門牙後面的牙齦		velar 軟顎音 舌根附近的軟顎
×「ㄆ」/pə/	×「ㄅ」/bə/	×「ㄊ」/tə/	×「ㄉ」/də/	×「ㄎ」/kə/	×「ㄍ」/gə/
Ben 班	pen 筆	desk 書桌	test 考試	gal 加侖	Cal 卡爾
blaze 火焰	place 地方	deem 認為	team 團隊	game 遊戲	Came 來過
tablet 藥片	triplet 三胞胎	ladder 梯子	latter 後者	regard 考慮	record 錄製
nibble 咬一小口	ripple 波紋	bidder 投標人	bitter 苦	dog 狗	dock 碼頭
slob 邋遢的	slop 溢出	nod 點頭	not 不	blog 部落格	clock 時鐘
Rob 羅伯	rap 饒舌	mad 瘋狂	mat 地毯	beg 拜託	check 檢查

🔵 練習題 1　b / p　　　　　　　　　　　　　MP3 3-02

❶ Has **B**en got my **p**en?　　　　班拿走我的筆了嗎？

❷ They **p**laced wood in the fire and it **b**lazed.
他們把木頭放進火裡，火一下子就燃燒起來了。

❸ The **tr**i**pl**et got some **t**a**bl**ets.　三胞胎拿到了一些藥片。

❹ The cook **sl**o**pp**ed food, creating a **sl**o**b**.
廚師把食物都灑了出來，弄得很邋遢。

🔵 練習題 2　d / t

❶ I **t**ook the **t**est on the **d**esk.　　　我在書桌上寫考卷。

❷ The **bidd**er had a **bitt**er face.　　　那個出價的人臉色很難看。

088

❸ **Ka**te feels very **ho**t .　　　　　凱特覺得很熱。
❹ The **ma**t drove him **ma**d.　　　那個地毯讓他抓狂。

練習題 3 　**g / c**

❶ I see a **dog** on the **do**ck.　　　　我看到一隻狗在碼頭上。
❷ He kept a **re**cord and **re**garded it highly.　他保留了記錄而且很重視它。
❸ I have a **blog** about **c**locks.　　　我有一個關於時鐘的部落格。
❹ I will **beg** him to **ch**eck for me.　我會求他幫我檢查。

> **fricative consonants 擦音：v / f、z / s、th**

　　擦音是指氣流在通過口腔時，受到兩個口腔的發音器官如舌頭、牙齒或嘴唇形成的狹窄通道阻擋，產生摩擦聲。

MP3 3-03

> 有聲 Voiced：發音時聲帶會震動，送氣時會形成低頻震動或蚊子聲
> 無聲 Voiceless：發音時聲帶不會震動，但氣流聲更明顯

vast 廣大的　vs　**f**ast 快速
zag 急彎　vs　**s**ag 下垂
these 這些　vs　**the**sis 論文
mea**su**re 測量　vs　**su**re 確定

Chapter *3*　consonants 子音　089

範例

v (voiced)	f (voiceless)	z (voiced)	s (voiceless)	th (voiced)	th (voiceless)
bilabial 雙唇音 使用上下唇		**alveolar 齒齦音** 舌尖觸碰門牙後面的牙齦		**interdental fricative** **舌間摩擦音** 舌尖放在上下門牙之間 ✕ 注意：非 l 或 d 發音	
vast 廣大的	fast 快速	Zack 扎克	sack 大布袋	母音 +th+ 母音	th+silent e
van 小貨車	fan 風扇	zap 破壞	sap 汁液	bro**th**er 兄弟	brea**the** 呼吸
vase 花瓶	face 臉	zinc 鋅	sink 流理台	lea**th**er 皮革	smoo**the** 平滑
very 非常	ferry 渡輪	zip 拉鍊	sip 啜飲	mo**th**er 母親	clo**the** 衣服
vine 藤蔓	fine 令人滿意的	zoo 動物園	sue 控告	toge**th**er 一起	ba**the** 泡澡
belie**v**e 相信	belie**f** 信仰	bu**zz** 嗡嗡叫	bu**s** 公車	功能字	單字開頭/ 結尾
lea**v**e 離開	lea**f** 樹葉	sei**z**e 抓住	cea**s**e 中止	**th**ese 這些	**th**ick 厚
sa**v**e 拯救	sa**f**e 安全	gra**z**e 吃草	gra**c**e 優美	**th**ose 那些	**th**ink 認為
li**v**e 活著	li**f**e 人生	pri**z**e 獎項	pri**c**e 價格	**th**is 這個	boo**th** 小攤位
pro**v**e 證明 (v.)	proo**f** 證明 (n.)	raze 徹底摧毀	ra**c**e 賽跑	**th**at 那個	ma**th**s 數學

練習題 1　v / f　　MP3 3-04

❶ The **v**ase dropped on my **f**ace.　　花瓶掉在我的臉上。

❷ There's a **f**an in the **v**an.　　貨車裡有個風扇。

❸ The **v**ine is **f**ine.　　這藤蔓很讚。

❹ I belie**v**e you have a belie**f**.　　我相信你有信念。

❺ Li**v**e your li**f**e.　　活出你的人生。

❻ I'm **sa**f**e** because you **sa**v**ed** me.　因為你救了我，我現在很安全。

❼ I'll take the **lea**f and the **v**ine and **lea**ve in a **v**an.

我會把樹葉跟藤蔓拿走，然後坐小貨車離開。

❽ **Pro**v**e** that this **f**erry is **v**ery **sa**f**e**.　請證明這艘渡輪非常安全。

練習題 2　z / s

❶ **Z**ack bought a **s**ack of rice.　札克買了一布袋的米。

❷ The **s**ink is not made of **z**inc.　這水槽不是用鋅做的。

❸ **Z**ip your lip and take a **s**ip.　閉嘴然後喝一口。

❹ She will **s**ue the **z**oo.　她會起訴動物園。

❺ The bu**s** bu**zz**e**s**.　公車嗡嗡地響。

❻ It moved with **gra**c**e** as it began to **gra**z**e**.　當牠開始吃草時，牠優雅地移動。

❼ She checked the **pri**c**e** of her **pri**z**e**.　她檢查了獎品的價格。

❽ **Z**ack ra**c**ed for the **pri**z**e**.　札克為了獎品而賽跑。

❾ The cows **gra**z**e** in the **z**oo.　乳牛在動物園裡吃草。

練習題 3　th

❶ **Th**at lea**th**er is cheap.　那皮革很便宜。

❷ **Th**is is my mo**th**er.　這是我的媽媽。

❸ I need a piece of **th**ick clo**th**.　我需要一塊厚布。

❹ I don't **th**ink I can brea**th**e.　我不認為我有辦法呼吸。

❺ **Th**is **th**umbs up is for you!　這個讚是給你的！

❻ **Th**ose **th**ree **th**ieves are **th**in.　那三個小偷很瘦。

❼ I **th**ink **th**ese **th**ick books are mine.　我覺得這些厚書是我的。

❽ My clo**th**es are over **th**ere.　我的衣服在那裡。

▸ affricate 塞擦音：j / ch

塞擦音是塞音與擦音混合的發音方式，以塞音開始，先完全阻塞氣流，然後部分釋放產生摩擦。

▸ **voiced 有聲**：發音時聲帶會震動，不會有明顯送出氣流的聲音
▸ **voiceless 無聲**：發音時聲帶不會震動，會有明顯送出氣流的聲音

MP3 3-05

Jane 珍	vs	**ch**ain 鏈子
Jill 吉爾	vs	**ch**ill 放鬆
jest 笑話	vs	**ch**est 胸腔

範例

j / g （voiced）	ch （voiceles）
齒齦後音 使用舌頭觸碰門牙後方區塊的上顎	
jeez 天啊	**ch**eese 起司
Jeep 吉普車	**ch**eap 便宜
joke 玩笑話	**ch**oke 噎到
junk 垃圾	**ch**unk 一大塊
bad**ge** 徽章	bat**ch** 一批
pur**ge** 清除	per**ch** 棲息
mer**ge** 合併	mer**ch** 周邊
rid**ge** 山脊	ri**ch** 有錢
sur**ge** 翻湧	sear**ch** 搜尋

練習題　　MP3 3-06

❶ **J**eez! That **ch**eese is **ch**eap!
天啊！那個起司好便宜！

❷ **J**ill **ch**oked when she heard the **j**oke.
吉爾聽到這個笑話時噎到了。

❸ Do you need to be ri**ch** to buy a **J**eep?
你需要很有錢才能買一台吉普車嗎？

❹ I found a ba**tch** of ba**dges** in the **j**unk.
我在垃圾堆中發現一批徽章。

❺ I need to sear**ch** for the files and then mer**ge** them.
我需要搜尋文件然後合併它們。

❻ Does **J**eep sell any mer**ch**?
這個吉普車品牌有賣任何的周邊商品嗎？

memo

> **approximants 近音：l / r、w / y**

　　近音是一種發音時氣流不完全受阻的子音。它由兩個發音器官彼此靠近，但不接觸，讓氣流順暢通過，因此聲音聽起來接近母音。雖然屬於子音，近音的發音特徵與母音相似，分為流音及滑音兩種。

---

liquids 流音　　　　　　　　　　　　　MP3 3-07

- 聲音通過舌頭兩側流出
- 發音位置靠前

liquid L *(light vs dark)*

law 法律　　vs　　ba**ll** 乏味
lay 躺著　　vs　　ta**le** 故事

註　light L：舌尖靠近齒齦，音色較清楚
　　dark L：舌尖依然接觸齒齦，但舌根抬高，聲音較模糊

liquid R

read 閱讀　　vs　　ea**rr**ing 耳環
radio 收音機　vs　　refe**rr**al 轉介

註　在英式英語中，r 只有出現在字首或兩個母音之間時才會捲舌。若出現在單字結尾且後面沒有接母音，或 r-controlled vowel，都不會捲舌

> 範例

liquid R	light L	dark L
retroflex 捲舌音 舌尖捲曲朝向硬顎	**alveolar 齒齦音** 使用舌尖觸碰門牙後面的牙齦	**alveolar 齒齦音** 使用舌尖觸碰門牙後面的牙齦
• 舌尖捲起、靠近上顎門牙後方 • 聲帶震動但不接觸	• 舌尖放在上排門牙後 • 壓舌根 • 發音時保持靠前的共鳴	• 舌頭放平 • 先壓舌根再發音 • 發音後把舌尖頂在上排門牙後 • 發音時保持靠後的共鳴，聲音較低沉
rat 老鼠	laugh 笑	call 撥打
read 閱讀	black 黑色	build 建造
red 紅色	clock 時鐘	cold 寒冷
river 河流	lend 借	almost 幾乎
rot 腐爛	listen 聆聽	fell 跌倒
rug 小地毯	delight 滿足	real 真實
rabbit 兔子	balance 平衡	animal 動物
radiator 暖氣	calendar 日曆	hospital 醫院

練習題 1　light L

① Listen to her laugh.　　　　　　聽聽她的笑聲。
② Look at the black clock.　　　　看看黑色的時鐘。
③ Can you lend me a lamp?　　　　可以借我一盞燈嗎？
④ It's a delight to play the flute.　吹長笛是一種滿足。
⑤ I'm having a lesson later.　　　我晚點要上課。

練習題 2　dark L

① Do you have some salt?　　　　　你有一些鹽巴嗎？
② Animals can't go into the hospital.　動物不能進入醫院。
③ I almost forgot to call you.　　　我差點忘記打給你。
④ Where are all the bowls?　　　　所有的碗都在哪裡？
⑤ They are building a hut on the hill.　他們正在山丘上蓋一間小屋。
⑥ This is a dull and cold place to live.　這是一個又枯燥又寒冷的居住地。

練習題 3　liquid R

① There's a rabbit by the rug.　　小地毯旁邊有隻兔子。
② I want to read by the radiator.　我想在暖氣旁邊閱讀。
③ Rabbits have red eyes.　　　　　兔子有紅色的眼睛。
④ I saw some rotten fish by the river.　我看到河流旁邊有些腐爛的魚。
⑤ Do rabbits and rats get along?　兔子跟老鼠可以相處融洽嗎？

glides 滑音

MP3 3-09

> 滑音指的是從一個發音平滑過渡到另一個發音,有「滑動」的感覺,類似雙母音的概念
> w 與 y 在初始發音時不會有聲帶的震動
> 發音時會先快速發出 long e 後滑向下一個元音

w

whoops（h 不發音） vs **oops**

y

yes vs **s**（字母）

範例

w	y
velar 軟顎音 使用舌根附近的軟顎	**palatal 硬顎音** 舌頭接觸硬顎
• 嘴巴微嘟,形成小 o 形 • 發音同時嘴巴逐漸打開	• 嘴巴稍微張開並微笑 • 舌頭碰到門牙後方的上顎 • 發出聲音,同時下巴跟舌頭一同往下
wasp 黃蜂	**y**ard 院子
watch 觀看	**y**awn 打哈欠
well 安好	**y**ell 大叫
wet 濕的	**y**ellow 黃色
wine 葡萄酒	**y**es 是的
wish 希望	**y**ield 屈服
whisper 悄悄話	**y**oung 年輕的
would 將要	**y**our 你的

Chapter *3* consonants 子音　097

練習題 1 w 　　　　　　　　　　　　　MP3 3-10

❶ I **w**ish you **w**ell.
我希望你一切安好。

❷ The movie is not **w**orth **w**atching.
這部電影不值得看。

❸ They **w**hispered over a glass of **w**ine.
他們拿著一杯酒講悄悄話。

❹ The **w**asp is **w**et because of the rain.
因為下雨的關係，黃蜂被淋濕了。

練習題 2 y

❶ **Y**es, I will take the **y**ellow one.
對，我要黃色那個。

❷ Don't **y**ell in the **y**ard.
不要在院子裡大叫。

❸ **Y**oung people will not **y**ield.
年輕人不會屈服的。

❹ Don't **y**awn in front of **y**our teacher.
不要在你的老師面前打哈欠。

> **nasal consonants 鼻音：m / n / ng**

鼻音是指氣流通過鼻腔發出的聲音。發音時，軟顎會略微下降，讓部分氣流在嘴巴發出聲音的同時從鼻子中送出，同時嘴巴保持閉合。由於聲帶振動，所以鼻音都是有聲的 *voiced*。

MP3 3-11

> 嘴巴閉合，把氣流推到鼻子，感受震動
> 必須聽到鼻音，才是正確的發音

ri**m** 邊緣　vs　Ri**n** 玲（名字）　vs　ri**ng** 響起
su**m** 加總　vs　su**n** 太陽　vs　su**ng** 唱歌
fa**m** 家庭　vs　fa**n** 扇　vs　fa**ng** 尖牙

範例

m	n	ng
bilabial 雙唇音 雙唇閉合	**齒齦音** 舌頭接觸齒齦脊 （上前牙後）	**軟顎音 velar** 舌根附近的軟顎
• 嘴唇緊閉 • 想像把聲音往前推 • 摸摸鼻子看有沒有感受到震動	• 嘴唇及上下牙齒微開 • 舌頭放在門牙後 • 想像把聲音往前推 • 摸摸鼻子看有沒有感受到震動	• 嘴巴微張 • 舌頭放平 • 舌頭的後端會抬高並與軟顎接觸，形成讓氣流通過鼻腔的閉合 • 想像把聲音往前推 • 摸摸看鼻子有沒有感受到震動

m	n	ng
×「ㄇ」	×「ㄋ」	×「ㄥ」的發音 /əŋ/
「ㄇ」的發音為雙唇鼻音 /m/，不過單唸「ㄇ」這個注音時，通常會發為「ㄇㄜ」，且大多時候省略**鼻音**。	「ㄋ」的發音為齒齦鼻音 /n/，不過單唸「ㄋ」這個注音時通常會發為「ㄋㄜ」，而 phonics 自然發音法則常唸成「ㄣ」的發音 /ən/。	「ㄥ」的發音對應英文的軟顎鼻音 /ŋ/，多數學生在發音時會誤唸成「ㄣ」或「ㄜ」，忽略舌根抬起、氣流從鼻腔釋出的動作。
mop 拖把	nod 點頭	annoying 惱人的
Monday 禮拜一	never 永不	thing 東西
music 音樂	night 晚上	ring 戒指
mouse 老鼠	now 現在	long 長
milk 牛奶	nice 美好的	fishing 釣魚
mat 地毯	Japan 日本	bring 帶著
broom 掃把	town 城鎮	wrong 錯誤
scream 尖叫	brown 咖啡色	along 一起
come 來	when 何時	boring 無聊
drum 鼓	turn 變成	doing 正在做

消失的 m

　　中文裡頭幾乎沒有閉嘴唇結尾的單，因此很多中文母語者會經常不習慣在發出「m」結尾的時候把嘴唇閉起來。如果有這樣的問題，請記得要多注意，嘴巴閉起來並感到震動，才算完成發音。

練習題 1   m   MP3 3-12

❶ Come on Monday!　　　　　　　星期一過來吧！

❷ I need a mop and a broom.　　　我需要一把拖把跟掃帚。

❸ Mum likes music.　　　　　　　媽媽喜歡音樂。

❹ The milk is on the mat.　　　　　牛奶在地毯上。

❺ She screamed at the mouse.　　　她對著老鼠尖叫。

練習題 2   n

❶ Japan is a nice country.　　　　　日本是一個不錯的國家。

❷ I never go out at night.　　　　　我從來不在晚上出門。

❸ It has turned brown.　　　　　　它已經轉為（變成）咖啡色了。

❹ I need it now!　　　　　　　　　我現在就需要它！

❺ When will you be in town?　　　你什麼時候會在城裡？

練習題 3   ng

❶ Fishing is boring.　　　　　　　釣魚很無聊。

❷ What you're doing is wrong.　　　你現在在做的事情是錯的。

❸ That thing is long.　　　　　　　那個東西很長。

❹ This task is annoying and frustrating.　這個任務很惱人又令人沮喪。

❺ Bring the ring along.　　　　　　把戒指一起帶上。

Chapter 3 ≋ consonants 子音　101

特別的英式發音

> **glottal stop 喉塞音：the 'Glottal T'**

　　Glottal T 是一種特殊的「喉塞音」發音方式，發音時緊閉聲門，然後瞬間打開，產生像「卡住」一下的聲音。

　　Glottal T 是英國地域性的發音特色，屬於個人說話習慣或風格。這種特點在東倫敦腔（Cockney）或倫敦口音中特別常見，但並非標準英式英語 (RP) 的一部分，常被視為非正式口語特徵。

MP3 3-13

> 在發音過程中聲門閉合，想像「uh-oh」中的第一個音節
> 當「t」是其中一個音節的字尾，且前後字母為短母音的時候可使用

bett**er** 更好

wat**er** 水

> **the linking & intrusive 'r'**

　　在英式英語（尤其是 Received Pronunciation, RP）中，linking 'r' 和 intrusive 'r' 是英式英語發音中為了保持口說流暢度的一種無意識習慣。

linking R

> 一個單字以 r controlled（如 -ar, -er, -or）拼字結尾，後面接著一個以母音開頭的單字，這個 r 則需要捲舌發音，用來連接兩個單字，讓口說更順暢

I need a better example.
⬇
I need a better (r)example.

intrusive R

> 當單字以 r 結尾，而下一個單字以母音開頭時，即使下一個單詞的拼字中沒有 r，講話者會自然插入一個 /r/ 音來幫助連音。如果是 schwa 結尾時，若接續的單字是母音開頭，也同樣會使用捲舌 r

> 雖然很多 RP 口音者都有使用 intrusive 'r' 的習慣，屬於自然口語的現象，但這並不代表學習英式英語就必須加入 intrusive 'r'，因為這種使用方式會受到地域性口音影響而有所不同

範例 1

They saw a movie.
他們看了一部電影。
⬇
They saw (r)a movie.

範例 2

Tina and I will go.
Tina 跟我會去。

⬇

Tin<u>a</u>_(schwa)_ **(r)and I will go.**

練習題 1 linking R　　　　　　　　　　　　MP3 3-15

❶ She lives far **(r)**away.　　　　　她住得很遠。

❷ Wait for **(r)**it.　　　　　　　　　等著看。

❸ It was her **(r)**idea.　　　　　　　那是他的想法。

❹ Give it a stir **(r)**and it's done.　攪拌一下就完成了。

❺ Its fur **(r)**is beautiful.　　　　　牠的毛髮很漂亮。

練習題 2 intrusive R

❶ Grandpa **(r)**and I will come later.　　　爺爺跟我會晚點到。

❷ I saw **(r)**a bunny.　　　　　　　　　　　我看到一隻兔子。

❸ I ate a banana **(r)**and an apple.　　　　我吃了一根香蕉跟一顆蘋果。

❹ Lydia **(r)**and I will be going to the park.　莉迪亞跟我會去公園。

❺ I like to draw **(r)**and sing at the same time.　我喜歡邊畫畫邊唱歌。

> **the 'du' & 'tu' sound**

在英式英語中，這兩個字母會合併，形成另一種新的發音。

MP3 3-16

> 在 d、t 後接著 long u 時，才會有此唸法

dune　vs　**tu**ne

du 唸「j-you」　　tu 唸「ch-you」

---

du (j-you)	tu (ch-you)
duo 二人組合	**tu**be 地鐵
dual 雙重的	**tu**na 鮪魚
duet 二重唱	**tu**tor 家教老師
duke 公爵	s**tu**dent 學生
duty 責任	s**tu**pid 笨蛋
during 在……期間	**Tu**esday 週二
durable 持久的	at**ti**tude 態度
duration 持續時間	in**tu**itive 直覺敏銳
duplicate 複製	oppor**tu**nity 機會

Chapter 3 ❀ consonants 子音　105

練習題 1 du   MP3 3-17

❶ The **du**ke has fulfilled his **du**ty in this **du**ration.
在這段期間，公爵已經完成他的職責。

❷ The **du**o has a **du**et.
這對二人組合有一首二重唱的歌。

❸ I have **du**plicated the files **du**ring the backup process.
我在備份過程中複製了這些文件。

❹ **Du**ring class, the teacher used **du**al screens to display information.
上課時，老師使用雙螢幕顯示資訊。

❺ It is my **du**ty to create a **du**rable product.
創造耐用的產品是我的責任。

練習題 2 tu

❶ This s**tu**dent needs a **tu**tor.
這個學生需要一位家教老師。

❷ It's **Tu**esday today. The **tu**be wouldn't be so crowded.
今天是禮拜二。地鐵不會太擁擠。

❸ I never had an opportu**nity** to try raw **tu**na.
我從來沒有機會嘗試生鮪魚。

❹ You're not s**tu**pid. You just have a bad atti**tu**de.
你不是笨。你只是態度不好。

❺ The s**tu**dent is a very in**tu**itive person.
這個學生是一個直覺很敏銳的人。

Chapter 4

英式英語口說結構

語調 + 節奏 = 口說流利的關鍵

現在請大家來做一個練習。請試著想像：你是一位長時間忙於工作的上班族，已經很久沒有出國旅遊了。你感到身心疲憊，真的很想休息一下。

於是你跟朋友抱怨，說出以下這段話： MP3 4-01

It's been such a long time...

I haven't been on a holiday for years because I've been working my socks off.

I think I really should take some time off, you know...

take my family somewhere nice,

stay at a nice hotel..

eat some good food

and chill for a bit.

I don't know where I wanna go though...

Italy would be nice, I guess?

I've always wanted to visit Rome.

任務步驟

1. 先朗讀上述文字，並完整錄下你朗讀的聲音
2. 掃描第一頁的 QR Code 聆聽音檔 MP3 4-01
3. 播放自己剛剛的錄音，比較一下閱讀流暢度及音調的部分，你跟示範音檔的差別是什麼呢？

請你仔細聽一聽自己與示範音檔的差異，有出現以下幾個狀況嗎？
1. 說話一個字一個字、像機器人一樣
2. 無法判斷每個句子想表達的重點語氣
3. 句子之間聽起來卡卡的，或是很無聊。
4. 完全聽不出情緒

想讓口說流暢，可針對兩個關鍵問題進行分析：
1. 語調
2. 句子輕重音模式及節奏

接下來讓我們正式進入口說篇章吧！

節奏篇

▸ 什麼是英文的「節奏」？

　　如同音樂中的節奏概念，說話的拍子就是語言的節奏模式，由重音、語速、停頓和語調變化等要素組成。我們只需要把句子裡的重點抓出來，搭配正確的拍子，你的英文就不會像「機器人」，而是像母語者一樣說話有自然的語流與節奏感。

▸ 如何抓出節奏模式？

`MP3 4-02`

> *The　dog　will　eat　the　meat*
> 那隻狗會把那塊肉吃掉。

⬇

1. 標出 strong form，並找出 stress form（如有），以固定節奏唸出。

(dog)　　(eat)　　(meat)

⬇

2. 將剩餘的 weak form 塞進實字的間隔。

The (dog) will (eat) the (meat)

▶ strong form 與 weak form ？

strong from 與 weak form，是指句子中單字的「發音強弱」。

實字

呈現 strong form 的單字，在句子中發音較清楚，時間較長，只有主要表達的詞彙才會呈現為 strong form，這些字通常就是所謂的**實字** *content words*。

實字具備說話者想要傳遞的重要訊息，如果在口說上無法清楚表達或遺漏，容易造成聆聽者的疑惑，因此英文節奏重點應該落在這些實字上。這些實字包括名詞、動詞、形容詞及副詞。

虛字

實字以外的單字，用以組成文法結構，稱為**虛字** *function words*，或**功能字** *structure words*。

虛字在句子裡呈現 weak form，不影響主要語意。這些字包含連接詞如冠詞及介詞，因為發音快速短暫，通常在口說時快速帶過，甚至有一個還沒唸完的感覺，就接續下一個單字，用於填補 strong from 之間的空隙，有些虛字甚至會簡化為弱母音或類似短母音 short i 的發音。

透過 strong form 及 weak form 的強弱交替，便很容易帶出所謂的**節奏**。

▶ 那 stress form 又是……？

stress form ≠ strong form

stress form 為一個多音節單字內部「重音音節」。但當兩個單字組成一個多音節單字的時候，只會保留一個主要重音。因此我們需要找出這個重音的落點，也就是 stress form。

Chapter 4 　英式英語口說結構　111

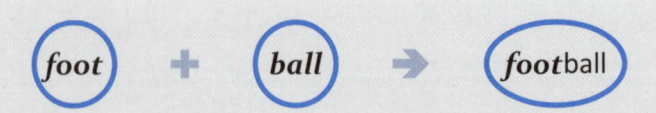

MP3 4-03

foot + ball → football

　　一般單音節的單字，例如 foot 和 ball，在單獨發音時通常會像中文的四聲一樣清楚明顯。而這個單字合併變成多音節單字的時候，就不會各自保留完整語調，而是只保留一個重音。在這個例子中，重音落在第一個音節 foot，foot 便是 stress form 重音，需唸成類似中文的一聲：foōtball。

> 不少資訊將 strong form 翻譯為「重音」，而在這本書，stress form 會被視為「重音」。

MP3 4-04

	strong form		weak form
名詞 noun	cat, sit, mat, park, table, food, computer	Be 動詞 Be verbs	is, am, are, was, were
主要動詞 main verb	walk, sleep, talk, fight, eat	冠詞 articles	a, an, the
形容詞 adjectives	fat, beautiful, tall, skinny, fluffy	代名詞 personal pronouns	I, you, he, she, it, we, they
副詞 adverbs	sadly, luckily, happily, under, upstairs, today, tomorrow, later, soon, much, many very, too, so, just	連接詞 prepositions	in, on, at, from, to
否定詞 negative words	not, don't, aren't, never, neither, seldom, hardly	介詞 conjunctions	and, but, or

	strong form	weak form	
例外	特別強調意思、目的的 weak form 及附加問句 tag questions 等。	所有格形容詞 *possessive adjectives*	his, her, my, our
		助動詞 *auxiliary verbs*	can, have, could, should, may, will
		指示代名詞 *demonstratives*	This, that, these, those
		Wh- 問句	who, what, when, where, why, which, how

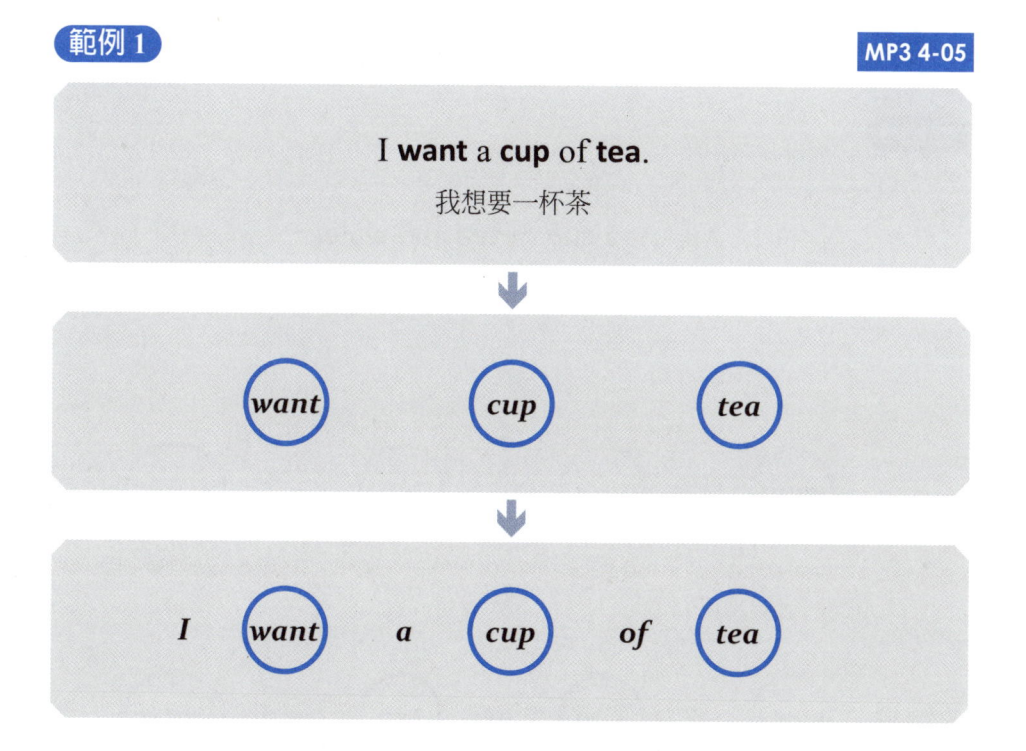

範例 1　　　MP3 4-05

I want a cup of tea.
我想要一杯茶

⬇

(want)　　(cup)　　(tea)

⬇

I (want) a (cup) of (tea)

Chapter 4　英式英語口說結構　113

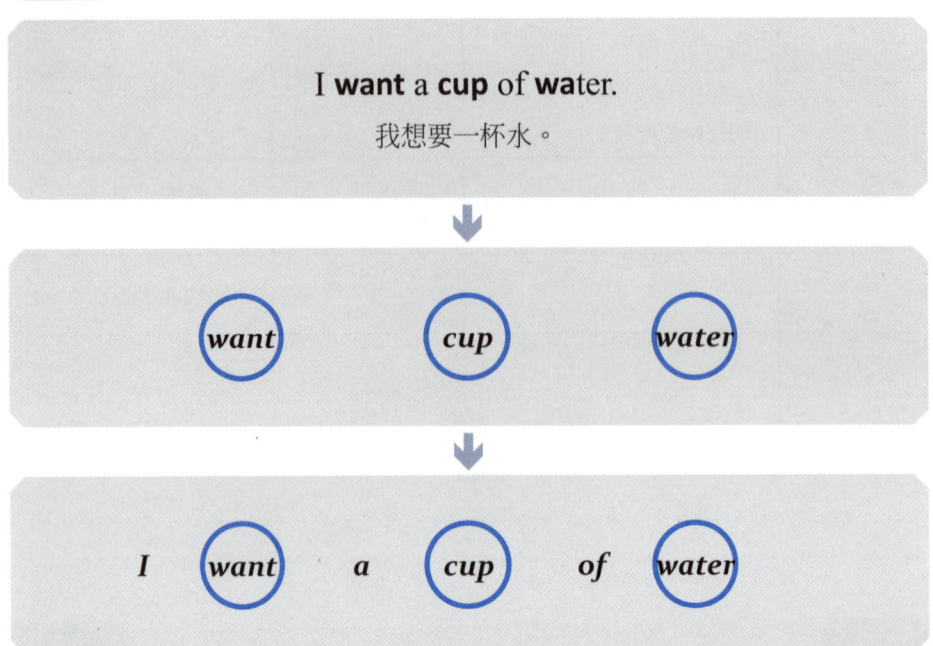

範例 2

I **want** a **cup** of **wa**ter.
我想要一杯水。

⬇

(want)　　(cup)　　(water)

⬇

I (want) a (cup) of (water)

範例 3

I **want** a **cup** of **tea** and **wa**ter.
我想要一杯茶跟水。

⬇

(want)　(cup)　(tea)　(water)

⬇

I (want) a (cup) of (tea) and (water)

範例 4

I **want** a **cup** of **tea** and **wa**ter to**night**.
我今晚想要一杯茶跟水。

⬇

(want) (cup) (tea) (water) (tonight)

⬇

I (want) a (cup) of (tea) and (water) (tonight)

範例 5

I **want** a **cup** of **tea** and **wa**ter to**night** and to**mor**row.
我今晚跟明天都想要一杯茶跟水。

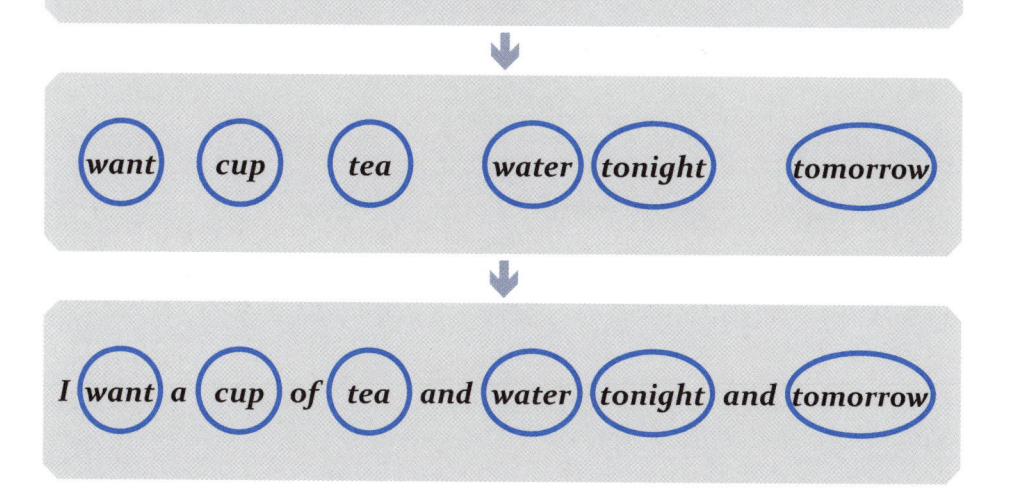

⬇

(want) (cup) (tea) (water) (tonight) (tomorrow)

⬇

I (want) a (cup) of (tea) and (water) (tonight) and (tomorrow)

Chapter 4 英式英語口說結構

練習題　　　　　　　　　　　　　　　　　　　MP3 4-06

❶ I **need** to **go**.　　　　　　　　我必須走了。

❷ The **food** is **nice**.　　　　　　食物很不錯。

❸ The **cof**fee's for **you**.　　　　這杯咖啡是給你的。

❹ I'm **go**ing to **school**.　　　　我要去學校了。

❺ I'd **like** to **get** a **cup** of **tea**.　　我想要去買一杯茶。

❻ I **know** that she's **sad**.　　　我知道她很難過。

❼ I'll **see** you to**night**.　　　　　今晚見。

❽ **See** you at **6**.　　　　　　　　六點見。

❾ My **mum sings** as I **cook**.　　我煮飯的時候媽媽會唱歌。

❿ Do you **think** they'll **come**?　你認為他們會來嗎？

memo

語調篇

中文單字中聲調即句子的語調，少部分會有規則性的變化；英文單字放在句子裡，則需透過改變聲調才能達到自然流暢和展現情緒的目的。

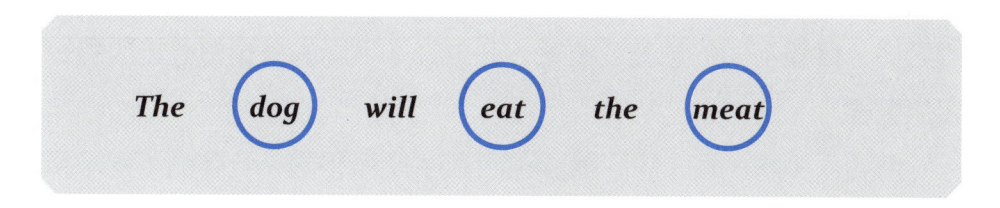

The dog will eat the meat

先平均「拉高」，結尾再「下降」

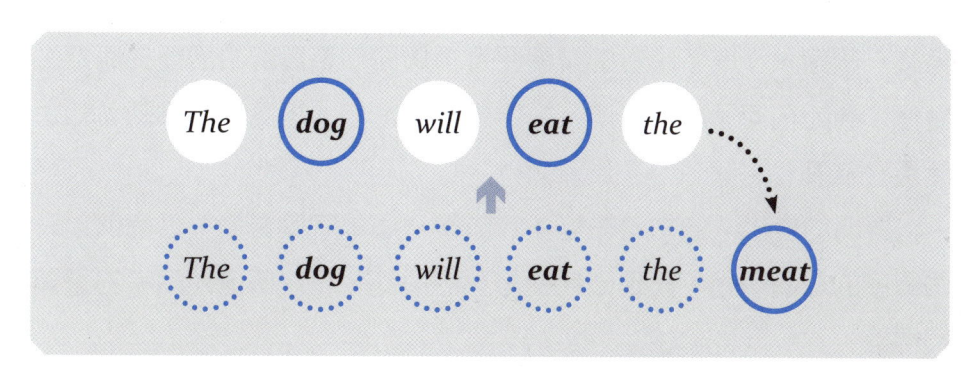

The dog will eat the meat
The dog will eat the meat

學會以上節奏後，嘗試加入語調高低起伏的變化，是不是更接近英文母語人士的感覺呢？

什麼是語調？

語調是句子裡的高低起伏，用於傳達不同的意義或情感。中文藉由輔助詞或語氣詞表達說話者的情緒，例如：「是你的嗎」、「是你的吧」、「是你的啦」這三句雖然文字幾乎相同，但語氣完全不同。英文只需透過呈現不同的語調變化，就可以表達自己的情緒。

▸ 聲調？語調？千萬別搞混！

tone 指的是語言中單個音節的音高，這些聲調變化形成不同的整體語調，傳達不同的意義或情感。在中文，不同的聲調會直接改變單字的意思。

例如：「媽、麻、馬、罵」這四個字音節相同，但聲調不同，意思也完全不一樣。

英文雖然不是「聲調語言」，但在個別唸出單字時，我們還是會自然使用某種「音高」來表達該字的語氣或情緒。但如果把這些單字組成一個句子，單字原本的聲調便會根據語句整體的語調模式而產生變化。例如在句子結尾之前，單字聲調通常會「拉高」，讓聽者知道話還沒結束。

語調的變化，通常落在句子的最後一個單字或音節，透過最後一個單字的音高變化，呈現出幾種常見的語調，藉以傳達說話者的意圖與情緒。

▸ intonation patterns 語調介紹

三種英語最常見的基本語調為：

1. falling intonation　　下降語調
2. rising intonation　　上升語調
3. fall-rise intonation　　降升語調

falling intonation

The dog will eat the ⋯↘
The dog will eat the **meat**

rising intonation

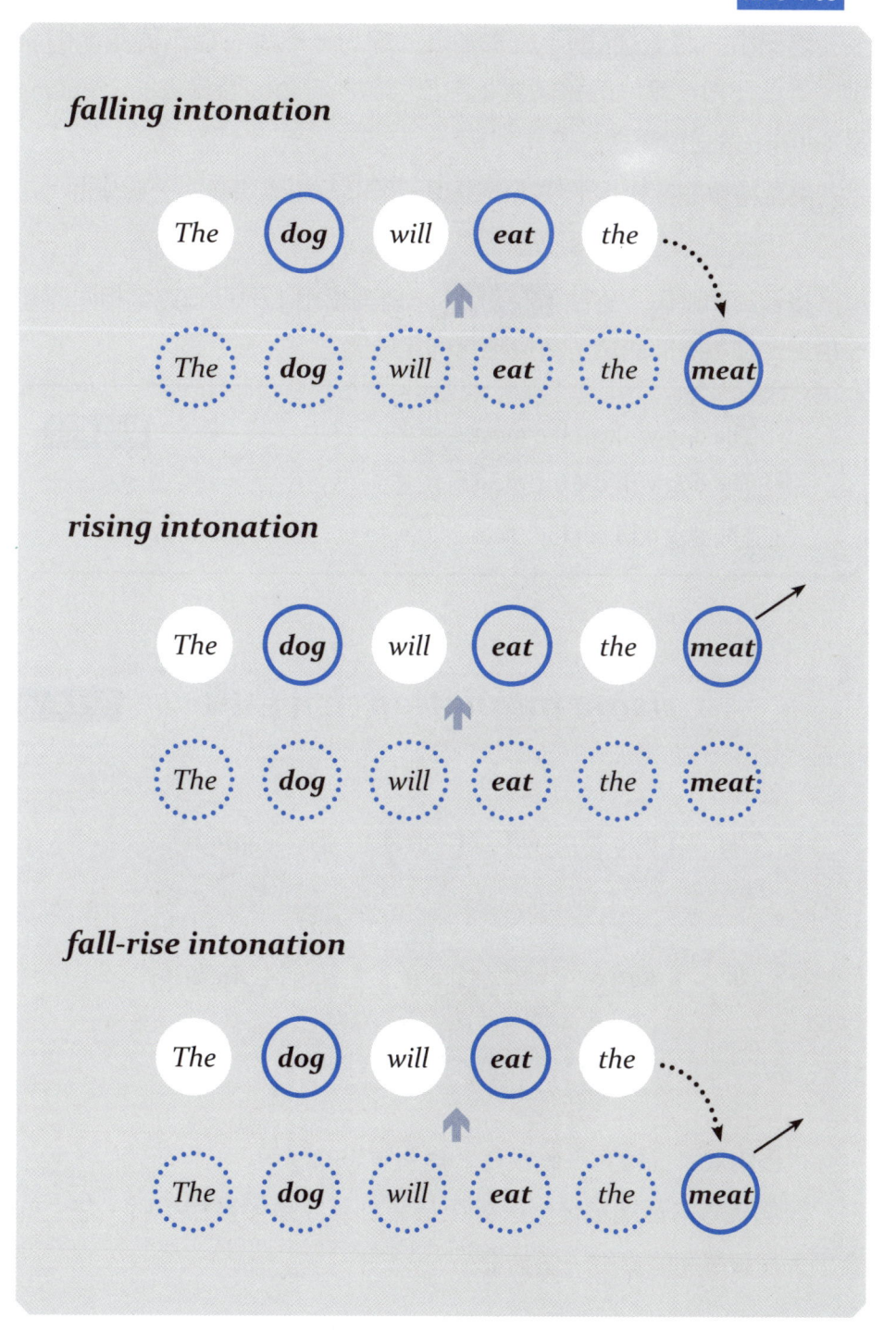

The dog will eat the **meat** ↗
The dog will eat the meat

fall-rise intonation

The dog will eat the ⋯↘
The dog will eat the **meat** ↗

Chapter 4 — 英式英語口說結構

現在請聆聽 MP3 4-08 並嘗試以上練習，感受三種不同語調的差別，著重在句子結尾的聲調變化，依照順序練習，感受 rising、falling 及 fall-rise 這三種語調的差異。

請記得聲調的變化形成不同語調，可以把語調想像成一個樂曲。

接著請聆聽以下對話 MP3 4-09 ，能判斷出下列三個完全相同的句子搭配三種不同的語調，背後隱含的意思嗎？

- The dog will eat the meat.
- The dog will eat the meat?
- The dog will eat the meat.

MP3 4-09

rising intonation 上升語調　MP3 4-10

The　dog　will　eat　the　meat

The　dog　will　eat　the　meat

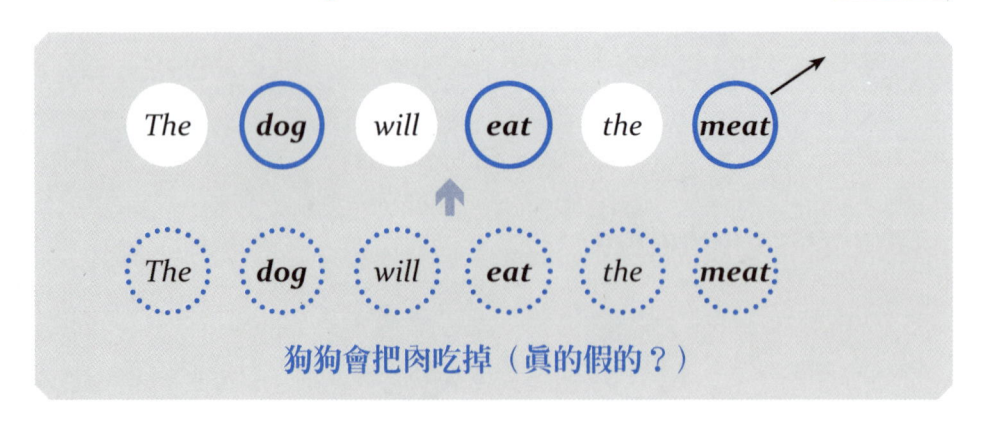

狗狗會把肉吃掉（真的假的？）

大多用於表達帶有不確定性、疑惑意思的問句。

問句結尾的音調會往上，如果最後的單字是多音節單字，往上的音調會在該單字的最後一個音節。

> 確認答案的問句

沒聽清楚或沒聽懂意思，需要對方重複一次答案。

MP3 4-11

❶ **How old** did you **say** you ^{are}?
抱歉剛剛沒聽清楚，你說你幾歲？

❷ **What time** did you **say** the **class** ^{was}?
你剛剛說課是幾點？

❸ **Where** are **Lin**da and **A**my go^{ing} a**gain**?
剛剛琳達跟艾美出門的時候說要去哪裡？

❹ **Who** did you **say** is **com**ing to the **party**?
你剛剛說誰要來參加派對？

❺ **How much** did you **say** it **costs**?
你剛說這個多少錢？

MP3 4-12

特殊情形

❶ I don't know **who** she is.（我不知道她是誰）
這裡的 when 是關係代名詞，呈現 weak form。

❷ **Who** is she?（她是誰？）
這裡 who 是詢問「誰？」的疑問詞，詢問是誰是句子的重點，因此呈現 strong form。

　　同樣的單字只要詞性改變，或作為句子的重點，都有從 weak form 變成 strong form 的可能，可參考 132 頁「語氣強調的特殊狀況」。

▶ 需要對方認同想法的問句

不確定自己想法或答案是否正確，需要對方認同想法的附加問句。

MP3 4-13

❶ Amy is such a nice person. She surely will meet someone decent, won't she?
艾美真的是個很好的人。她一定會遇到很棒的人，對吧？

❷ This city has excellent public transportation. It should be easy to get around, shouldn't it?
這座城市有非常良好的公共交通。出行應該很方便，對吧？

❸ Sarah is very talented. She'll excel in her job, won't she?
莎拉非常有才華。她在工作中會表現得很出色，不是嗎？

❹ This plan looks great. It's going to work, isn't it?
這個計畫看起來棒。它會成功的，對吧？

❺ Mark has been studying hard. He's going to pass the exam, isn't he?
馬克一直在努力學習。他會通過考試的，不是嗎？

▶ 再次確認對方知道答案

測試對方，確認對方有把內容聽進去的目的性問句。

MP3 4-14

❶ What do you need to bring with you before you come to work again?
再說一次，你來工作的時候還要帶些什麼？

❷ What did I say about switching the lights off after you leave?
離開的時候要關燈，之前有跟你說過吧？

❸ **What's** the **mag**ic **word** when you **ask** for **help**?
需要人家幫忙的時候，你要說什麼呢？

❹ Can you **sum**marise the **points** I just **cov**ered?
你可以總結一下我剛剛提過的重點嗎？

❺ **What** did I **say** about the **safe**ty **proce**dures?
關於安全程序，我是怎麼說的？

▸ 主動給予幫忙

主動給予幫忙，並把助動詞 *Auxiliary verb* 及主詞 *subject* 拿掉的口語化問句。

MP3 4-15

❶ **Cof**fee?　　　　　　　　要咖啡嗎？

❷ **Need** a **hand**?　　　　　需要幫忙嗎？

❸ **Any**thing I can **do** for **you**?　有什麼我可以幫你的嗎？

❹ **Su**gar in your **tea**?　　　茶要加糖嗎？

❺ **Want** some more **milk**?　要多一點牛奶嗎？

▸ 舉例的句子或段落

在舉例的時候，例子單字會使用上升音調，直到最後一個例子音調才會往下，表示舉例或說話結束。

MP3 4-16

❶ **What col**our would you **like**? **Red**? **Black**? Or **blue**?
你想挑什麼顏色？紅色？黑色？還是藍色？

❷ How many **cups** do you **need**? **Two**? **Three**?
你要幾個杯子？兩個？三個？

❸ There are **so many things** you can **do** in this **camp**. You can **bar**becue, you can **ride** a **bike**, play **chess** ... or you can just **stay** in the **tent** and **chill**.
在這個露營的地方有很多事情可以做。你可以 BBQ、騎腳踏車、下棋……，或你也可以待在帳篷裡放鬆就好。

❹ I **need** to **get** some **food** from the **su**permarket. I **need** to **get** some **milk**, some **cheese**, some **eggs** and a **bot**tle of **wine**.
我要去超市買點東西。我要買牛奶、一些起司、一些雞蛋，還有一瓶紅酒。

❺ I **did so** many **things** in **Tai**wan. I **went** to **see Tai**pei **101**, I **tried stin**ky **tofu**, I **stayed** in **Hua**lien for a **cou**ple of **days** and I also **went snor**kelling in **Ken**ting.
我在台灣做了好多事情。我們去了台北 101、嘗試了臭豆腐、去花蓮待了幾天，還有去墾丁浮潛。

MP3 4-17

另外有一種稱為 uptalk 的語調，說話者會習慣在陳述句的結尾使用上升音調，聽起來像問句一樣：

So, I went for a walk in the park and I really enjoyed it. Then I wandered all the way to the forest. It took me about 30 minutes to walk back.

我去公園散步，真的很享受。然後我一路走到森林，然後走回來大約花了 30 分鐘。

這種 uptalk 的習慣這種語調有時會傳達不確定感。在傳統 RP 英語中通常被視為不夠自信或不夠正式。不過，隨著語言的演變，但近年有越來越多年輕的英國人使用 uptalk 的趨勢。

falling intonation 下降語調

該句子的結尾最後一個單字或音節會往下回到原本音高。

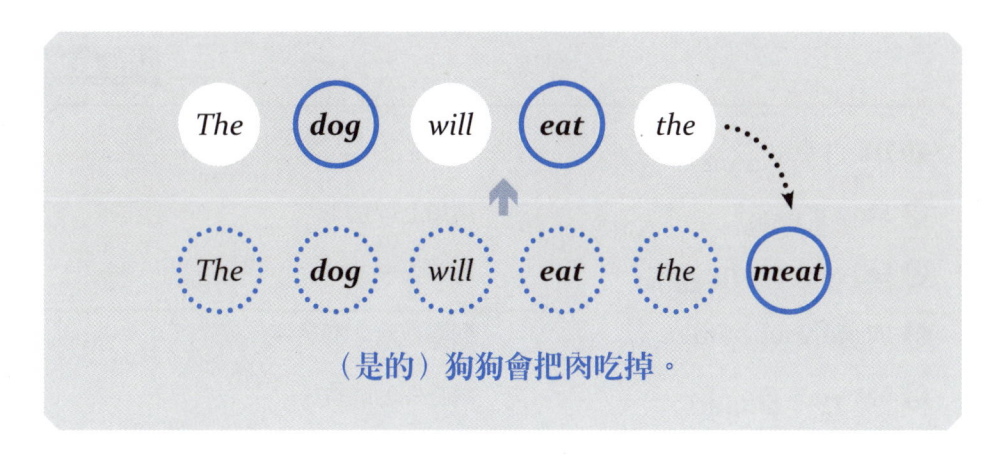

The **dog** will **eat** the ⋯⋯
The dog will eat **meat**
（是的）狗狗會把肉吃掉。

▸ 敘述句型

在一般簡短、沒有特定情緒表現的陳述句時，因為沒有太多情緒表達，句子的語調會相對平穩。由於沒有強烈的感受或疑問需要表達，句子的前半段語調會維持較高，結尾自然下降。

❶ I **need** a **book**.　　　　我需要一本書。
❷ I'd **like** to **get** a **cup** of **tea**.　　我想要一杯茶。
❸ I've **got** to **go**.　　　　我得走了。
❹ The **cat's** re**al**ly **fat**.　　這隻貓很胖。
❺ I **don't know** who **she** **is**.　我不知道她是誰。

▸ 命令句

使用命令句的時候除了音調往下，還要注意因具有強調目的，動詞的發音會特別清楚。

MP3 4-20

① **Don't** you **dare**! 你敢？！
② **Stop** it **now**! 請馬上停止！
③ **Leave** it on the **ta**ble. 放在桌子上。
④ **Write** your **name here**. 在這裡寫你的名字。
⑤ **Eat** your **dinner**. 請吃你的晚餐。

▸ 驚嘆句

在使用驚嘆句的時候，前面的句子音調會比一般來得更高，跟句子結尾的下降音調形成強烈對比。形容詞發音拉得更長，以表達驚嘆的情緒。

MP3 4-21

① **What** a **beau**tiful **view**! 好美麗的景色啊！
② I **can't** be**lieve** we **won** the **game**! 我不敢相信我們贏了比賽！
③ **That's** a**ma**zing **news**! 哇，這真是太棒了！
④ **How** in**credi**ble's that **scene**! 那一幕真的令人難以置信啊！
⑤ **What** a **love**ly **meal**! 這頓飯真美好！

▸ 一般問句

英式英語中，一般開放式問句 *open questions* 及封閉式問句 *closed questions* 的音節結尾都可以使用下降音調 *falling tone*，而句子前面的部分會維持較高語調。

MP3 4-22

❶ **How** are _{you}?　　　　　　　你好嗎？
❷ **Who** is _{she}?　　　　　　　她是誰？
❸ **Are** you **com**ing _{lat}er?　　　你晚點會來嗎？
❹ **Has** she _{for**got**}ten?　　　　她是忘記了嗎？
❺ **When** are they **com**ing _{home}?　他們什麼時候回來？
❻ **Where** are you **go**ing after _{work}?　下班後你要去哪裡？
❼ **Do** you **have** any _{mon}ey?　你有錢嗎？
❽ **Are** you **going** to **fin**ish your _{home}work?　你有要完成你的功課嗎？

▸ 心裡已經有答案的問句

在提出疑問的說話者本身已經有心裡的答案的狀況，需要跟對方確認或同意的情況，比較像一個 statement 陳述句，問句的最後會使用下降音調。另外假如該句子結尾使用 tag question 附加問句，該句子的虛字不會呈現 weak form。

MP3 4-23

❶ **You're** _{Ko}rean, **aren't** _{you}?　你是韓國人，對吧？
❷ **You don't really like** _{her}, **do** _{you}?　你真的沒有很喜歡她，對嗎？

❸ The cat is mad, isn't it? 這隻貓真的生氣，對不對？
❹ You're not serious, are you? 你該不會是認真的吧？
❺ They aren't happy, are they? 他們好像不是太開心？

▶ 情緒高漲的問句

情緒較激動，帶有不可置信、驚訝、生氣、開心的時候，問句音調依然會往下。

MP3 4-24

❶ Really? Is this what you're so mad about?
真的嗎？這就是你這麼生氣的原因？
❷ Did you really get the job? 你真的得到這份工作了嗎？
❸ Wow! Are you out of your mind? 哇！你瘋了嗎？
❹ Dad is going to sell our house, can you believe that?
你能相信嗎？爸爸要把我們的房子賣掉！
❺ You really wanted to go without me, didn't you?
你真的不想跟我一起去，是嗎？

MP3 4-25

以前在學校上英文課，可能有聽老師說過，問句的語調應該要往上，例如：

Do you have a pet?

但其實英式英語在搭配不同的情況跟情緒下，更多是使用下降語調表達疑問。

fall-rise intonation 降升語調

該句子的結尾最後一個單字或音節會往下回到原本音高。

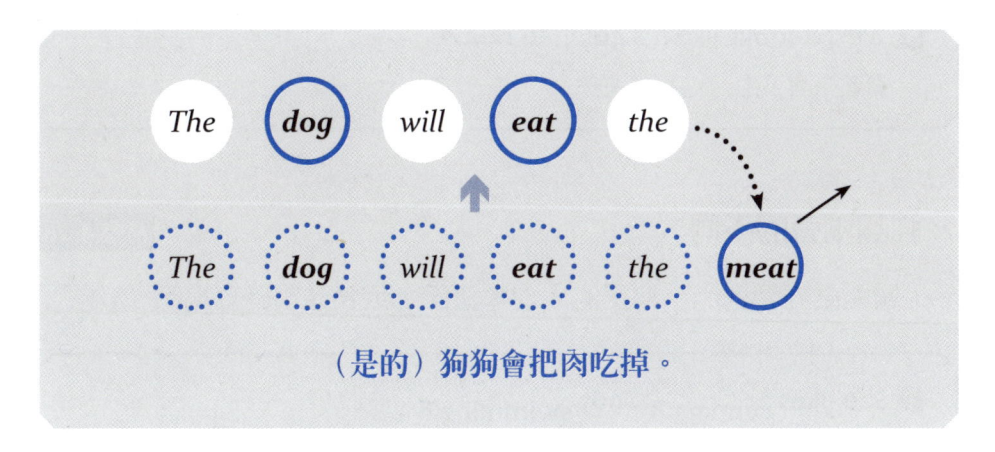

```
The  dog  will  eat  the
        ↑
The  dog  will  eat  the  meat
```

（是的）狗狗會把肉吃掉。

常用於帶有**暗示性內容或情緒**的情況，包含具**不確定性、在對比中強調**，或帶有暗示性意味的內容。

會話中使用這種方式可以傳達一些微妙的暗示，表達可能沒有直接在句子裡陳述的情緒。

▸ 持有保留態度的時候

降升語調能傳遞出暗示，通常代表「還有下文」或「話還沒說死」。

❶ He **says** he's **busy**↗.
他是說他很忙。（我也不確定是不是真的忙就是了）

❷ I'm **still think**ing about **ta**king the **job**↗.
我還在想到底要不要接受這份工作。（但是……）

❸ **May**be we should **try** a **dif**ferent ap**proach**↗.
我們應該可以試試看別的方式……？

❹ I sup**pose** he **could** be **right**↗.
　我想他有可能是對的。（應該吧？）

❺ Well, it **looks** like it's **go**ing to **rain**↗.
　看起來會下雨。（應該啦）

▸ 強調兩者的不同　　　MP3 4-28

當需要強調對比、糾正他人理解錯誤，或表達明確立場時。

❶ She **likes** **run**ning↗, **not** **swim**ming↗.
　他喜歡跑步，不是游泳（啦！）

❷ I **love** **tea**↗, but **not** **cof**fee↗.
　我喜歡喝茶，（絕對）不是咖啡。

❸ I **mean** the **old** **plan**↗, **not** the **new** **one**↗.
　我是說舊的計畫（啦！）不是新的。

❹ I pre**fer** to **stay** at **home** rather than **go**ing **out**↗.
　比起出門我更想要待在家（啦！）

❺ It's **cru**cial that you ar**rive** on **time**↗, **not** **ear**ly↗.
　準時到達很重要，不是提早到達（喔！）

▸ 帶有暗示性的想法

當說話者有暗示性的作用,降聲語調可以用來傳達「某種程度的肯定但又保留空間」,或是「其實你早該知道」、「你太擔心了吧」這種隱含語氣。

❶ A: It **won't** stop **rain**ing! **When** can we **go** to the **park**?
雨一直下不停!我們什麼時候才能去公園啊?

B: The **rain** will **even**tually **stop**↗.
雨早晚會停啦。(你在擔心什麼?)

❷ A: The **mov**ie is **go**ing to **start** in **thir**ty **min**utes. We're **gon**na **miss** the be**gin**ning!
電影 30 分鐘後要開始了,我們會看不到開頭!

B: Well, I'm **sure** they'll ar**rive** on **time**↗.
他們會準時到的(放心)。

❸ A: I'll **see** you at the **par**ty, **right**?
我們會在派對再見面,對吧?

B: **Yes**, I'll **see** you at the **par**ty↗.
對啊,我們會在派對上見面。(之前已經跟你說過了不是嗎?)

❹ A: I **won**der if the pro**pos**al will be ac**cept**ed.
不知道提案會不會被接受呢?

B: They're **go**ing to ap**prove** it **any**way↗.
反正怎麼樣他們都會批准的啦。(沒差)

Chapter 4 ❀ 英式英語口說結構　131

語氣強調的特殊狀況

在一般情況下，英語句子中的單字會自然依照 strong from 與 weak form 的規則來表現。但當說話者想特別傳達某種重點、情緒或對比時，任何單字（實義或虛字）都可以被強調成 strong form，語調也會隨之改變，進而改變句子的語意焦點。

MP3 4-30

I am **dri**ving to **work** to**day** and to**mor**row.
我今天會開車上班。
（中性描述，陳述計畫）

I am **dri**ving to **work** to**day** and to**mor**row.
（開車去上班的人會是**我**，不是你或其他人）

I **AM dri**ving to **work** to**day** and to**mor**row.
（我**真的會**開車去上班）

I am **DRIVING** to **work** to**day** and to**mor**row.
（今天一定用**開車的方式**去上班）

I am **dri**ving to **WORK** to**day** and to**mor**row.
（今天會開車去**上班，不是去其他地方**）

I am **dri**ving to **work** TO**DAY** and to**mor**row.
（今天是重點，可能前一天沒去、或是原本預期今天不去）

I am **dri**ving to **work** to**day AND** to**mor**row.
（今天**跟**明天**都**會開車去上班）

I am **dri**ving to **work** to**day** and TO**MOR**ROW.
（強調**明天**也會開車去上班）

在傳訊息的時候，可以使用大寫表達出強烈的情緒或堅定的態度。不論是因為生氣、激動或興奮都可以。

- 如果你很著急地催朋友：WHERE ARE YOU?!
- 或是開心地分享好消息：I GOT THE JOB!!!
- 也可以只針對要強調的幾個字大寫：
 This is REALLY important.

不過要注意，在正式或工作場合中，過度使用大寫可能會被認為是在「吼」人，不夠禮貌。

memo

Chapter 5

英式英語特殊用法

英式口說常見用字及用語

　　學會了英式發音的規則和音調的組成，就代表完全掌握英式英語了嗎？ Not quite！

　　許多剛到英國的留學生都有過這樣的經驗：自認英文學得不錯，累積了不少單字與詞彙，英文檢定口說也拿到不錯的成績，覺得到時候互動對話應該會不錯吧？但一到當地才發現，很多時候當地人雖然說著英語，但總是會蹦出一些從未聽過的單字或片語。相較於美國，英國的俚語更多，使用的單字也不一樣，如何融入當地生活，了解口說常用的用法就顯得更加重要，而這些都跟當地生活文化及歷史息息相關。

> **hiya** informal 你好　　　　　　　　　　　　　MP3 5-01

　　打招呼使用，跟 hi 一樣，是較為隨性的用法。

　　例 Hiya, how're you doing?　　　哈囉！你好嗎？

> **lad** n. 男生

　　年輕男生的英式用法，踏入青春期後的年輕男生都可以稱為 lad。

　　例 I met this really nice lad at the pub, I think you'll like him.
　　　我在酒吧遇到一個很友善的男生，我覺得你會喜歡他。

> **chap** n. 男士

　　指「男士」，較不分年齡層且比較有氣質的形容，可以在前面加上 young 或 old，註明是年輕或是成熟的男士，帶有友善語氣。

例 That young chap found my purse and gave it to the police.
那個年輕男生找到我的手提包然後拿給警察了。

> **bonkers** adj. 發瘋 / 瘋狂

覺得很瘋狂或要發瘋的形容詞，常用於輕鬆、誇張語境，屬於幽默感強的俚語。

例 I'm gonna go bonkers if i have to wait any longer.
再等下去我就要發瘋了。

> **hammered** adj. 爛醉

hammer 本身是「錘子」的意思，用來形容人喝到很醉很醉的程度，失去清醒時的控制能力，與頭被錘子敲到腦震盪的感覺很像。

例 Dad went out to the pub last night and got home totally hammered.
爸爸昨晚去酒吧，然後喝得爛醉地回家。

> **quid** n. 英鎊

常用的英鎊俚語說法，意思跟 pounds 一樣。但無論單數或複數都說 quid，例如 5 英鎊要說 five quid，而不是 five quids。

例 I bought this toy for five quid.　　我花了 5 英鎊買這個玩具。

> **fiver** n. 5 鎊 / **tenner** n. 10 鎊

英國面額 5 鎊及 10 鎊鈔票的說法。

例 Do you have a fiver I can borrow? I'll pay you back tomorrow.
我可以跟你借 5 鎊嗎？明天還你。

> **fag** n. 煙

「香煙」的常見俚語說法，跟 cigerette 一樣的意思。

例 I need a fag.　　我需要抽根煙。

▸ wicked adj. 很棒、很酷

「很棒」的英式俚語用法，特別是在青少年口語中經常使用。跟正式用法中「邪惡」的意思剛好相反。

例 I went to watch the movie last night. It was wicked!
我昨天去看了那部電影了。超棒的！

▸ dodgy adj. 不太能信任、有點危險的

感覺不太能夠相信，有「不可靠、危險、有問題」的意思。

例 That salesman seems a little dodgy, I don't think he was telling the truth.
那位銷售員感覺不太可靠，我認為他沒有說實話。

▸ knackered adj. 累壞了

口說常見用法，意指「非常累、筋疲力盡」，常與 absolutely 和 totally 搭配使用。

例 I'm absolutely knackered, I haven't slept for 24 hours!
我真的累壞了，我已經 24 小時沒睡覺了！

▸ bloody adj. 該死的／他 x 的（加強語氣）

被歸類成較粗俗的用法，加在形容詞或名詞之前，用於表達帶有強烈情緒的語氣，正面／負面意思皆可，正面如 bloody brilliant!（超棒的！），負面則常用於不耐煩的語氣。

例 This computer is bloody useless! It took 5 minutes to start up!
這台電腦該死的沒用！開機竟然花了五分鐘！

▸ skive 裝病 v. ／ skiver n. 翹班翹課的人

如果有個人其實沒有生病，卻用生病的理由請假不去上學或上班，就可以用 skive 或 skiver 來形容，帶有批評或挪揄的語氣。

> 例 Why didn't you come into work today? You don't sound sick at all, were you skiving?
> 你為什麼今天沒來上班呢？你聽起來完全不像生病的樣子，你在裝病嗎？

▸ skint adj. 超窮

意指完全沒錢、身無分文的英式用法。

> 例 I spent all my money on the new laptop, so I'm skint now.
> 我把所有的錢都花在新的筆記型電腦上了，所以我現在非常窮。

▸ loo n. 廁所

英國人生活中最常用的「廁所」說法，跟 toilet 意思一樣。

> 例 Where's the loo? I've been drinking too much water.
> 廁所在那裡？我喝太多水了。

▸ loo roll n. 衛生紙

「捲筒衛生紙」的英式說法。

> 例 I need a loo roll. There isn't any left!
> 我需要捲筒衛生紙。這裡一張不剩了！

▸ fit adj. 很正、很帥

形容女生／男生外表很好看、很吸引人，相當於 hot（美式用法）。

> 例 Have you seen Amy's brother? He is really fit.
> 你有看過 Amy 的哥哥嗎？他好帥。

▸ chav n. 不良少年／低俗青年（英國特有）

形容英國社會中某些穿著運動服、行為粗俗、社經地位較低的年輕人。因此某些中產階級也會用 chav 形容糟糕的品味或行為。

⚠ 屬於冒犯性詞彙，請避免在公共場合用來形容其他人。

> 例 I'd try to stay away from that place if I were you. It's full of chavs!
> 如果我是你，我會盡量避開那個地方。那裡滿是不良少年！

▶ innit (slang) 對不對？／不是嗎？

Isn't it?（不是嗎？）的略縮用法，常見於青年階層及部分地區（如倫敦、北英）口音中。

> 例 She's fit, innit?　　　她很正，對不對？

▶ cheeky adj. 厚臉皮（沒禮貌又有點可愛）

形容某個人很 cheeky，代表那個人厚臉皮，但通常不具惡意，甚至讓人覺得幽默。

> 例 My husband is a very nice man, but he's a little cheeky sometimes.
> 我先生是個非常友善的人，但他有時候有點不要臉。

▶ cheers excl. 謝謝！

跟 thank you 意思一樣，但是更為隨興。日常生活中如搭車讓位、傳遞文件、幫忙拿東西等都可以用。

> 例 A: Here's the paperwork you asked for.　這是你跟我要的文件。
> 　　B: Cheers!　　　　　　　　　　　　感謝！

▶ slag (someone) off 批評、嘲笑

用言語嘲笑，意思是「批評、說別人壞話」，是用來攻擊一個人的說法。

⚠ 帶有強烈負面語氣，請斟酌情況使用。

> 例 Don't always slag people off behind their backs. It's not a very nice thing to do.
> 不要總是在背後說人壞話，這不是個好行為。

> **muppet** adj. **傻瓜、笨蛋**

英國表達 idiot 的另一種說法，但通常語氣不帶惡意、稍微溫和一點，比較沒有攻擊性。

> 例 Of course no one's picking up the phone. It's Sunday today! You muppet!
> 當然沒有人接電話。今天是週日！你這個傻瓜！

> **crack on** v. **繼續 / 趕緊開始做某事**

開始或繼續做某件事情的英式說法，大多用於工作、任務、學習情境。經常搭配 with 使用。

> 例 I spent a few hours on my phone already. I better crack on with my revision!
> 今天已經花了幾個小時在玩手機了。我還是趕快開始複習吧！
> 註 reivsion：「複習」的英式說法。

> **gutted** v. **很悶、很失望**

形容因發生一些事情而感到「非常難過 / 失望」，通常指錯過了自己很在意的事。

> 例 I'm so gutted that I didn't get the job. I really liked that company!
> 我對於沒有得到那份工作感到很失望。我真的很愛那家公司！

> **blimey** excl. **天啊 / 哇！**

跟 'Oh my god!' 一樣的意思，代表非常訝異，為常見的驚嘆詞。

> 例 Blimey! Look at her face! What do you think happened to her?
> 天啊！你看看她的臉！你覺得她發生什麼事了？

▸ **minging** adj. 很醜 / 噁心

這是一個非常不友善的說法，常用於形容食物、氣味、外貌等給人極度負面的感覺，與 disgusting 同義。也可以用 minger 表達「醜人」。

⚠ 不太禮貌，使用時需小心情境及對象（熟人之間比較合適）。

例 That spaghetti my dad made last night was minging, he added too much salt and overcooked it.
我爸昨晚做的義大利麵非常噁心，他加了太多鹽巴，又煮太熟。

▸ **nick** v. 偷竊

跟 steal 一樣，是「偷東西」的意思。

例 My phone got nicked at the pub last night.
我的手機昨晚在酒吧被偷了。

▸ **Fancy a cuppa?** 要喝杯茶嗎？

喝茶是英國生活中非常重要的一個部分，不分季節、不分時間，只要人在屋子裡，第一件想起的事情就是走到廚房裡把水煮開，泡一杯早餐茶，即使剛起床或者回到家，也得來上一杯，簡直到了中毒的程度。當你有泡茶的想法，記得要問問身旁的人要不要也來一杯（英國人的禮貌：記得不要只泡給自己喝），這個時候就可以說 'Fancy a cuppa?'，或是可以更直接的說 'Tea?'。

(常見情境模擬)

A: I'm going to put the kettle on, fancy a cuppa?
我要去煮一壺熱水，要喝杯茶嗎？

B: Yes, builder's tea please.　　好，要濃茶。

註 builder's tea 指「濃茶」，茶包泡久一點，牛奶少一些。

A: Sugar? 要糖嗎？
B: Two. 兩茶匙。（口語上會直接把「茶匙」省略掉）

泡茶小叮嚀：一般最基本的泡茶順序為：茶包 → 熱水 → 鮮奶 → 糖（也有人會反過來，但這個順序在傳統泡法中較為常見）。

▸ (Are) You alright? 你還好嗎？/ 你好嗎？

跟 'How are you?' 意思一樣，在英國比較隨性、平易近人的問候方式，更像是「打招呼」而非期待長篇回應。有時候會在後面加上其他的稱呼，例如：

- » You alright, **Sam**?　→加上對方名字
- » You alright, **mate**?　→朋友之間使用
- » You alright, **darling**?　→親密者／老人家對小孩使用
- » You alright, **love**?　→較常用於女性之間或長輩對年輕人

註 應該要如何回應？回一句 'Yeah, you?' 通常就可以了。

常見情境模擬

A: Hey! Haven't seen you for a while. Are you alright?
　嘿！有一陣子沒看到你了。你好嗎？
B: Yeah, great thanks. You?　很棒，謝謝。你呢？
A: Not too bad, (I've) been a bit busy lately.　還不錯！最近有點忙。

▸ Alright? 哈囉！

意思就是 'Hello!'，極度英式的「簡化打招呼用語」，在街頭、校園、工作場所都很常見，但跟 'Are you alright?' 又有點不太一樣。這樣的打招呼方式很常見，但並不是在每個情境下都能取代 'Hello!' 的用法！只有當你遇到對方並且想要小聊一下的時候，我們才會說 'Alright?'，而透過電話或正式情境時，建議還是使用 'Hello!' 較為合適。

▸ **What (are) you (going) on about? 你在說什麼?**

跟 'What are you talking about?' 的意思一樣,但只在疑惑、驚訝、覺得對方胡說八道的情況下使用。很多時候會把 are 跟 going 省略,變成 'What you on about?'。

> 常見情境模擬

A: I think we bought the car for a good price.
我覺得我們買這台車的價格蠻便宜的。

B: What you on about? The car went over our budget!
你在說什麼?這台車都已經超過我們當初的預算了!

▸ **(Are) You taking the piss? 你在嘲笑我嗎?/你是在鬧嗎?**

Piss 在英語裡的意思非常多,除了英美常用於表達「小便」,在英國還有不同的意思,例如這句 'Are you taking the piss?',意指「你在嘲笑我嗎?」。

> 常見情境模擬

A: My dad said he thinks I'm clever enough to get into Cambridge.
我爸說,他覺得我的聰明才智足以讓我錄取劍橋大學。

B: HAHA! You don't even pay attention in class! Was he taking the piss？
哈哈!你上課都不專心了!他在鬧你嗎?

▸ **What a load of rubbish! 亂講!/超爛!/太扯了!**

rubbish 這個單字本身在英國是「垃圾」的意思,但在口語中也可以用來指某事「非常離譜、完全是胡說八道」。例如說有人說了一些你覺得完全不合理的話,覺得他在亂講,你可以說 'What a load of rubbish!'(完全的胡扯!),或者直接說 'Rubbish!'。

> 常見情境模擬

A: I read somewhere on the internet saying that we are the descendants of aliens and we've been thrown here on earth for an experiment!
我在網路上看到有人說，我們其實是外星人的後代，還被丟在這裡當實驗品！

B: What a load of rubbish! You don't really believe that, do you?
亂講！你該不會真的相信了吧？

▸ Pardon my French / Excuse my French　請原諒我罵髒話

較高級（posh）的英語說法，一個人生氣罵髒話後因感到失禮而跟身邊的人道歉時使用。這句話跟 French（法文）沒有任何關係喔！不過據說這句話的來源是 19 世紀初時，有些英國人在對話的時候習慣性使用一些法文單字，為了避免對方誤會會先道歉，後來變成了對髒話道歉的幽默說法。語氣輕鬆，有自嘲或幽默感，不是真的要很嚴肅地道歉。

例　A: I couldn't f***ing believe it!　我真的 xx 的不能相信竟然是這樣！
　　B: Whoa!　哇！
　　A: Pardon my French.　請原諒我罵髒話。

▸ No offence, but...　無意冒犯，但是……

聽到這句開場白的時候就要有心理準備，對方大概準備說一些你不想聽或是覺得會傷到你的話。當你有話直說的時候，也可以使用這句片語。

例　A：No offence, but I don't think you're a very good actor.
　　無意冒犯，但我覺得你不是一個很好的演員。

▸ **can't be arsed (asked) / can't be bothered　懶得去 / 懶得做……**

表達你懶得去做某件事情的時候，意思和 can't be bothered 相同，但語氣更粗俗、隨興，表示「真的完全不想動、不想管、不想理」。

例 Can't be arsed to go to work tomorrow. I just wanna stay home.
　　明天好懶得去上班。我只想待在家裡。

▸ **TTFN = ta ta for now　先這樣囉，掰掰！**

想要先暫時離開，或朋友聊天結束時用以取代 goodbye，比 goodbye 更隨興、親切，適合非正式對話。據說為二次世界大戰時英國軍人常用的用語。

例 I gotta go and pick the kids up. Ta ta for now!
　　我先去接小孩，先這樣，掰掰！

註 ta 這個單字也有「謝謝」的意思，是較隨興的用法。

memo

英國生活基本日常單字

除了上述較特別的英式單字及句子用法之外,英國還有許多生活上常用的名詞說法不太一樣,甚至有些可能跟你以前常在課堂或美劇中學到的美式英文長得完全不一樣。如果將來打算到英國旅遊或生活,這幾個單字千萬不能搞錯!

這些看似普通的單字,其實在英國用錯就會鬧出笑話——例如你說:「我喜歡你的褲子。」卻被誤會成你喜歡對方的「內褲」,在現實情況中可能真的會發生!

▸ 食物

MP3 5-02

	英國	美國
薯條	chips（粗的薯條）	french fries（細的薯條)
洋芋片	crisps	chips
餅乾	biscuits 註 指薄薄一片的硬餅乾,跟美式的軟厚餅乾不一樣	cookies 註 在英國也能使用 cookies 這個單字,但會被理解成美式軟厚餅乾
茄子	aubergine	eggplant
棉花糖	candy floss	cotton candy
節瓜	courgette	zucchini
青蔥	spring onions	green onions
糖果	sweets	candy
香菜	coriander	cilantro

	英國	美國
甜點	pudding 註 在英國聽到 pudding 千萬不要誤會是布丁喔！	dessert
甜菜	beetroot	beet
汽水	fizzy drink	soda
棒棒糖	lolly	popsicle

▸ 日常生活用品

MP3 5-03

	英國	美國
球鞋	trainers	sneakers
橡皮擦	rubber 註 美國人聽到會以為是保險套（slang），容易誤會！	eraser
OK 蹦	plaster	band-aid
吸塵器	hoover	vacuum cleaner
垃圾	rubbish	garbage / trash
垃圾桶	bin	trash / trash can
手機	mobile	cell phone
尿布	nappy	diaper
褲子	trousers	**pants**
內褲	**pants**	underwear
毛衣	jumper	sweater
長沙發	settee	couch

	英國	美國
拉鍊	zip	zipper
郵寄	post	mail
衣櫃	wardrobe	closet
手電筒	torch	flashlight
水龍頭	tap	faucet
雨靴	wellies	rain boots
膠帶	sellotape	scotch tape
包裹	parcel	package
書包	schoolbag	backpack
電視	telly	TV

▸ **交通工具及相關**　　MP3 5-04

	英國	美國
計程車	taxi	cab
貨車	lorry	truck
地鐵	underground / tube	subway
重機	motorbike	motorcycle
機車	moped	scooter
引擎蓋	bonnet	hood
後車廂	boot	trunk
長途客運	coach	bus
露營車	caravan	trailer

Chapter 5　英式英語特殊用法　　149

	英國	美國
駕照	driving licence	driver's licence
高速公路	motorway	highway / freeway
單程票	single ticket	one way ticket
來回票	return ticket	round trip ticket
停車場	car park	parking lot
人行道	sidewalk	pavement
汽油	petrol	gas

▶ 大型及公共場所

MP3 5-05

	英國	美國
酒吧	pub	bar
公寓	flat	apartment
電梯	lift	elevator
小學	primary school	elementary school
大學	university	college
公立學校	state school	public school 註 在英國指精英私校
一樓	ground floor	first floor
二樓	first floor	second floor
藥局	chemist	drug store / pharmacy
電影院	cinema	movie theatre
市中心	town / town centre	downtown
火車站	railway station	train station
商店	shop	store

	英國	美國
廁所	toilet / loo	restroom / bathroom(US)
球場	pitch	field

▶ 其他

MP3 5-06

	英國	美國
秋天	autumn	fall
句號	full stop	period
度假	holiday	vacation
零用錢	pocket money	allowance
足球	football	soccer
郵遞區號	postcode	zip code
隊伍	queue	line
外帶	takeaway	takeout
個人履歷（一般求職用）	CV（Curriculum Vitae）	resume 註 CV在美指詳細的學術履歷，與求職履歷要求不同
推車	trolley	shopping cart
括號（ ）	**brackets**	parentheses
方括號 [ ]	square brackets	**brackets**
收銀台	till	cashier
數學	maths	math
時間表	timetable	schedule
學期	term	semester

英美拼字差異

除了單字使用上的差異，英美的拼字差異也很容易被忽略。習慣美式英語用法的學生，看到這些單字的拼音時，常常感到疑惑，甚至會誤以為拼錯了。

其實，這些拼字差異背後有其歷史與語言演變的脈絡。英式英語保留了較多來自法文和拉丁文的拼字形式，而美式英語則是刻意簡化，讓拼字更接近發音。當初美國第一本英語字典的作者 Noah Webster，為了讓美式英語更加符合邏輯和一致性，改變了一些單字的拼法，例如 colour 改為 color、theatre 改為 theater 等。

1. GB- our / US- or

MP3 5-07

英國	vs	美國
colour	顏色	color
neighbour	鄰居	neighbor
favour	幫忙	favor
humour	幽默	humor
rumour	謠言	rumor

2. GB- ise / US- ize

英國	vs	美國
organise	組織	organize
categorise	分類	categorize
realise	發現	realize
recognise	認出	recognize
apologise	道歉	apologize

3. GB- ence / US- ense

英國	vs	美國
defence	防禦	defense
licence	執照	license
offence	罪行	offense
pretence	虛偽	pretense

4. GB- re / US- er

英國	vs	美國
centre	中心	center
metre	米	meter
litre	公升	liter
theatre	劇院	theater
fibre	纖維	fiber

5. double consonants 重複子音　　MP3 5-11

　　英式跟美式拼音在 l 結尾的單字上存在拼字的差異，在英式英語裡，l 結尾的動詞接上字尾如 ing、ed 的時候，會有重複子音的拼法。

enrol 美：*enroll* 註冊	➡	**enrolling / enrolled**
cancel 取消	➡	**cancelling / cancelled**
control 控制	➡	**controlling / controlled**
level 水準	➡	**levelling / levelled**
rebel 造反	➡	**rebelling / rebelled**
remodel 重新改造	➡	**remodelling / remodelled**
travel 旅遊	➡	**travelling / travelled**

6. 其他單字特殊拼法　　MP3 5-12

英國	vs.	美國
aeroplane	飛機	**air**plane
alumi**nium**	鋁	alumi**num**
che**que**	支票	che**ck**
co**sy**	舒適	co**zy**
d**ough**nut	甜甜圈	d**o**nut
p**y**jamas	睡衣	p**a**jamas

154

Chapter 6

英國生活經驗談

鄉村生活：遠離倫敦的另一種節奏

提到對英國的印象，很多人會馬上聯想到 Big Ben（大笨鐘）、London Eye（倫敦眼）、London Bridge（倫敦橋）、Buckingham Palace（白金漢宮）、英式下午茶和紅色雙層巴士等等，這些景點都位於繁華的倫敦市中心，但不要忘記，英國除了倫敦以外還有超過 40 個縣 *counties*！有很多住在其他城鎮的英國人，上大學之後才有機會去倫敦生活，畢竟一趟旅途昂貴且費時，有些人甚至一輩子都沒去過倫敦呢！那麼，倫敦以外的生活又是什麼樣子的呢？

當時住在英國中部 *midland* 的我，生活非常愜意。當地居民分散住在不同的村莊 *village*，而村莊裡面幾乎都是純住宅，大部份的村莊會有一兩家小雜貨店，對於習慣城市生活的亞洲人來說應該頗不習慣，沒有 24 小時超商，更沒有飲料店，肚子餓沒辦法隨時到樓下買東西吃，即使開車出門也沒有商店營業，作息非常規律，也因為這樣身體很健康。平日鎮上 *town* 到了下午 5～6 點以後，大部分的商店都已經休息了，剩下少數餐廳或超市還在營業，也沒有其他的消遣娛樂。每週大概只有一兩餐會吃外食 *takeaway*，大人經常在週五、週六晚上去村莊的酒吧 *pub* 跟朋友聚餐小酌，而小朋友會去彼此的家裡過夜玩耍 *sleepover*，年輕人則會去朋友家裡辦的家居派對 *house party* 聊天喝酒，體驗一下當大人的感覺。這樣的英國鄉村生活，也許沒有都市那麼便利與熱鬧，卻有著一種簡單、純粹、充滿人情味的魅力。

住在鄉下，沒有車真的哪裡都去不了！

村莊之間距離遙遠、巴士班次又少，白天或許一小時一班車，甚至有些村子一天只有兩三班車（而且還不準時），因此如果需要到另一個村子，可能得要先花 40 分鐘搭車到 town 再轉車，原本開車只需要 20～30 分鐘的距離，搭公車可能得花上 2 小時！所以不管年紀多大，幾乎人人都自己開車，甚至很多還不到合法年齡的小孩，父母已經先教會他們開車了。不過英國人開車真的超守規矩，他們不是怕罰錢，而是從小就被教育「開車是為了安全，不是為了趕時間」。即使鄉下的路又彎又窄，駕駛人還是會耐心等行人先過馬路再慢慢轉彎，連按喇叭都很少見。

買東西怎麼辦？英國人的「一週一次超市日」

英國不像亞洲有巷口超商，所以採買生活用品的方法很不一樣。

因為距離的關係，大部分家庭習慣一週只去一次超市，例如 M&S、Tesco、Sainsbury's 等，整車整車地採購，回家把冰箱塞得滿滿的。任何亞洲人平常不會想要放太久的食物，英國人都會塞進冷凍室：果汁、牛奶、蔬菜、各種肉類等。購物推車上會看到各種冷凍食物、罐頭、沙拉、即食餐點，幾乎佔了一半以上。英國人家裡通常會有另外一個大冷凍櫃，用來保存這些大量採購的食物。

而且，英國超市的冷凍食品真的超多！例如炸魚、焗豆、mac & cheese、lasagna、印度咖哩……，幾乎都是微波爐一加熱就能吃的食物。雖然對亞洲人來說可能不太符合口味，但對英國人來說已經很方便、很好吃了。

偶爾週末大家也會去地方市集 *local market* 或農夫市集 *farmer's market* 逛逛，買點新鮮水果、起司、香腸或自製果醬，順便和熟悉的攤販聊天，這種生活感真的好療癒！

英國人的餐桌：「簡單就是美味？」

英國餐點通常固定而簡單，以下幾種是最常見的經典菜色：

- 烤肉大餐（roast dinner）
- 牧羊人派（shepherd's pie）
- 農舍派（cottage pie）
- 炸魚薯條（fish and chips）
- 烤豆土司（beans on toast）
- 香腸配馬鈴薯泥（bangers and mash）
- 康沃爾餡餅（cornish pasties）
- 簡單義大利麵加醬（pasta with sauce）

對於習慣多樣化調味的亞洲人來說，一定會覺得：「這也太平淡、太單調了吧？」但是英國人不太習慣重口味，廚房也很少油煙，大部分都是以原型食物為主，放進烤箱或微波爐就好，幾乎沒有任何熱炒料理。英國人注重的是方便與規律，調味大多靠鹽、胡椒、肉汁 *gravy* 或 ready-made sauce 解決，這樣的飲食特色對於習慣豐富層次與口味的亞洲人來說，可能有點過於無趣，因此也衍生出「英國食物不好吃」的刻板印象。但是往好的方向去想，這樣的飲食習慣，其實非常健康！

英國人生活文化及習慣小趣聞

因為歷史背景的關係，英國發展出許多有趣的文化，但對外國人來說，這些文化細節有時並不那麼容易理解。以下是我和英國人一起生活多年的觀察與體會，這些感受因人而異，並沒有對與錯，也有可能因為地域不同而略有差異，但是都真實呈現了英國人生活的某個面向。

▸ 飲食篇

英國人喜歡吃炸魚薯條配咖哩

大家一聽到英國食物，通常都會先想到炸魚薯條 *fish and chips*。但其實這道所謂的「英國國民美食」，其實並不是那麼普遍，以我過往的生活經驗為例，一個家庭大概一年吃不到 10 次的炸魚薯條。

不少英國人習慣在炸魚上加鹽巴跟醋（salt & vinegar），因此延伸出吃薯條加醋的文化。除了醋以外，有很多人喜歡在買炸魚薯條的時候另外加購其他配料搭配著吃，例如肉汁（gravy）、美乃滋（mayonnaise）、豆子（mushy peas）等。但是最受歡迎的薯條配料其實是⋯⋯咖哩醬（curry sauce）！

咖哩醬淋在熱騰騰的薯條上，是許多英國人外帶炸魚薯條的首選吃法。不過根據英國飲食調查與 BBC 生活報導，炸魚薯條近年來因國人健康意識而減少食用，但仍然是英國外賣文化的重要代表。

英國人平均一天喝掉一億杯鮮奶茶！

在英國，tea 就是鮮奶茶的意思，不需要特地說 milk tea，因為標準做法就是茶＋牛奶＋糖。英國人的確很熱愛喝茶，根據英國茶協會統計（UK Tea & Infusions Associations；簡稱 ITA），英國人平均一天會喝上一億杯茶，一年一共喝掉 360 億杯！基本上在辦公室或家庭聚會中，隨處都可以見到「茶」的身影。

英國人都喜歡喝英式下午茶？

據說英國人喝下午茶的文化源自 19 世紀維多利亞時代，英國貴族因為下午等待晚餐的時間較久，容易感到飢餓，而發展出以小蛋糕、三明治搭配其他小甜點喝「下午茶」的習慣。

不過在我的生活經驗裡，幾乎沒看過英國人有喝「英式下午茶」的習慣，也許因為現代人的生活模式已有大幅改變，肚子餓的時候，可能只會簡單泡杯茶，配上餅乾 biscuits 或一塊蛋糕。真正的三層架下午茶，反而是為了觀光客或特別節日所準備的享受。

印度「雞肉瑪莎拉咖哩」發源地竟然是蘇格蘭！

相信大家對於印度餐廳咖哩的印象，一定少不了雞肉瑪莎拉咖哩 Chicken Tikka Masala，很多人因此認為這道菜是印度的咖哩菜色之一，不過據說瑪莎拉咖哩的發源地其實是英國！更確切地說，是在蘇格蘭第一大城格拉斯哥 Glasgow 發明的改良咖哩。1971 年，有一位剛下班的公車司機走進印度料理店，點了一道雞肉咖哩後覺得太乾而請廚師「加點醬汁」。廚師靈機一動，把雞肉重新加入番茄、奶油和香料燉煮，結果客人超滿意──Chicken Tikka Masala 就這樣誕生了！

儘管這個起源故事帶有一點傳奇色彩，但 Chicken Tikka Masala 確

實是全英國最熱門的國民美食之一，甚至曾被英國外交大臣稱為「真正的英國國菜」（Britain's true national dish）。

週末一定會吃的「週日烤肉」（Sunday roast）

除了炸魚薯條，屬於英國人的道地美食料理還有不少，其中「週日烤肉」Sunday roast 就是一道常見的家常菜。這道菜雖然對外國人來說比較陌生，卻是英國家庭餐桌上的經典傳統，幾乎每個英國人都從小吃到大。

Sunday roast 顧名思義就是「週日會吃的烤肉大餐」，據說從前英國人每週日都會跟家人一起上教堂做禮拜，習俗上在進教堂之前都不會進食，等禮拜結束後才會回家吃一頓豐盛的烤肉料理。這項習慣後來逐漸發展成一種家庭儀式與週末例行活動，直到現在，吃烤肉大餐依然是英國不可或缺的家庭聚餐習慣。

Sunday roast 這道餐點可以當作午餐或晚餐，主菜通常都是烤牛肉、烤雞肉或烤豬肉，再搭配烤馬鈴薯、填餡食物 stuffing、約克郡布丁 yorkshire pudding、蔬菜（如花椰菜、蘿蔔）和碗豆等，再把肉汁 gravy 淋上去（很多英國人喜歡把肉汁倒到快溢出來），就成了一道豐盛的英國週日烤肉大餐了！

> ## 日常生活篇

英國人下雨不帶傘

因為英國氣候不穩定，常處於要下不下或短暫陣雨的天氣，因此出門帶傘對當地人來說非常麻煩，也因為雨勢不大且通常短暫，再加上當地空氣乾燥，所以漸漸形成英國人不帶雨傘出門的習慣。下次在路邊看到幾乎每個英國人都淋雨走路，別覺得太訝異喔！

考駕照一次通過是值得慶祝的事！

在英國考駕照不是一件容易的事，根據統計，一次通過的比例不到一半！因此，大部分第一次考照的人都做好了不會通過的心理準備，所以能夠考一次就通過，對他們來說是一件很值得高興且自豪的事情，值得慶祝一番。我身邊就有英國朋友，考了五次才終於通過呢！

▶ 學校篇

英國學校都不用考試？

跟亞洲學校相比，英國在國中以下的學習階段都相對輕鬆，在我的求學經驗裡，除了 GCSE（Year 10-11）和 A-level（Year 12 and 13）這兩個全國性公開考試之外，英國學校大多沒有「期中考」跟「期末考」，也沒有大量的功課，國小更是連課本都沒有！英國學校並不會以學科考試和作業分數高低作為成績評比的唯一標準，而是以課堂上的整體表現、平時作業和偶爾的課堂小考綜合起來作為衡量標準，也因為這樣的評分方式，英國並不流行補習或家教文化。

比起學術成績更看重運動

英國人非常看重運動，學生也很在意運動表現。一般學校的課後社團也以運動類的佔比較多，聊天話題更常圍繞著運動，因此在學生之間，運動能力強的同學普遍受歡迎。相較之下，英國同學比較不會那麼看重學術成績、音樂或藝術才華等等，有時候太愛讀書或是太在意學術成績，可能反而會被當成異類呢！

▸ 文化篇

英國人很喜歡說對不起

　　根據 BBC 的調查，英國人平均一天會說 8 次的 sorry，原因是英國文化非常重視禮貌與社交距離。在日常對話裡，禮貌已經變成一種習慣，sorry 便是其中一個常見的詞彙，即使沒做錯任何事情，還是會跟對方說 sorry，如同國民口頭禪。無論是在你身旁拿個東西、想問你一個小問題，或者只是想坐在你身旁的空位，甚至天氣不好、你家的狗在門口大便……，英國人都要跟你說上一句 sorry。這並不是「對不起」或「感到很愧疚」的意思，更多時候只是他們習慣在跟別人的互動中保有禮貌，所以會更常把 sorry 掛在嘴邊，避免冒犯到對方。

英國的房子都有自己的名字？

　　大部分居住在城市以外的英國人，都會住獨棟或連棟房（如 detached house、semi-detached、terraced house）。而獨棟 detached house 的房子通常都會有自己的名字！幫房子取名是一項傳統英國習俗，取名方式大多和屋主自身、房子本身或所在地有所關連。

　　例如我曾經住在一棟名為 The Gables 的房子，gable 的意思是「三角型的屋頂」，而那棟房子也正好擁有三角屋頂設計。

英國連超市也分階級！

　　很多人以為英國是一個階級觀念已經模糊的現代社會，但實際上，階級意識在英國仍然深植人心，只是不像過去那麼直接地表現出來。現代的階級線索常常隱藏在口音、穿著、社交場合，甚至是你去哪一家超市！在英國，選擇超市有時候不只是因為「買東西比較便宜」，而是無形中會透露出你的生活方式與社會階級定位。英國人偶爾會用

「你在哪裡買菜」來推測對方的生活狀態，雖然不會明講，但這的確是一種微妙的社交訊號。

中高階層人士最常進出 Waitrose / Marks & Spencer，也就是英國人口中所說的 posh supermarkets 高級超市。這兩家超市的價位會比其他超市還高，主打高品質與精緻形象，也象徵著一種生活品味。中價位超市如 Sainsbury's、Tesco、Morrison's，適合一般家庭。再來則是 Lidl、Asda、Iceland 等，這些超市的價格較便宜，適合學生或有預算限制的人前去採購。

英國人都很愛諷刺人？

很多人認為，英國人的幽默真的很難懂，無法理解笑點到底在哪。英式幽默很難用三言兩語去解釋，也很難單純從字面上來感受，必須花一段時間跟英國人相處才能體會。這種不動聲色、不帶個人情緒的嘲諷，一時之間很難讓人理解那是一種幽默。這種幽默有時會讓人誤會對方是不是在諷刺或冒犯自己，其實他們只是在開玩笑，只是方式太隱晦了！其實這種時候不需要過度認真的去解讀，因為英式幽默大多以誇張式的自嘲、嘲弄及反諷為主，需要配合當下的情緒氛圍才能感受何謂英式幽默。

英式幽默範例解析

範例 1

今天去面試工作，整個過程很糟糕，明顯搞砸了。朋友問你：

» How did it go?　　面試如何？

這個時候就可以用反諷自嘲的方式回答：

» Oh it was bloody fantastic! I'm sure I'm gonna get the job. They absolutely loved me!
真的是棒極了！我很確定我一定會得到這份工作。他們愛死我了！

表面上信心滿滿，實際上完全在講反話。這是一種對失敗情境的幽默消化方式，也是英國人面對尷尬情境的典型風格。

範例 2

你開車去拜訪朋友，本來只需要 30 分鐘的車程，卻花了 1 小時才到。朋友開門的時候用微妙的表情說：

» Enjoyed your ride? 這趟車程愉快嗎？

語意上好像在關心你，實際上是想暗示說你太慢了！這種「假裝有禮、實則調侃」的說法，在英式幽默中相當常見。

範例 3

你在客廳看電視，室友覺得太大聲了，這時候他可能會說：

» Sorry, I do love how loud you put your telly on.
　哇，我真的很喜歡你把電視開那麼大聲喔～

加了 sorry 和 I do love 聽起來像在稱讚，但其實是高級版的委婉抗議。這種方式比直接抱怨更符合英國人避衝突的文化風格。

▶ 你可能不知道的小趣聞

英國發明了郵票

在郵票出現之前，寄信的費用非常昂貴。1840 年 5 月，英國發行了第一張郵票，名為 the Penny Black 黑色便士，是世界上第一張使用於公共郵政系統的黏貼式郵票，上面印有維多利亞女王的肖像。郵票的出現使得寄信變得更加便宜和方便，並促進了明信片、信件和聖誕卡的大量寄送。

Llanfairpwllgwyngyllgogerychwyrndrobwllllantysiliogogogoch

　　Llanfairpwllgwyngyllgogerychwyrndrobwllllantysiliogogogoch 是世界上最長的城鎮名稱，位於英國威爾斯的安格爾西島 *Anglesey*。原名為 Llanfairpwll，源自威爾斯語。據說這個名字起源於 1860～1870 年代，因一位裁縫師的玩笑而增加額外的音節以吸引遊客。這個名字的總長度達到 58 個字母，其中包括四個連續的字母 l，而這個原本只是開個玩笑的改動，一直保留到現在依然還在使用。

memo

禮儀及禮貌在英國的重要性

相信平常有在看歐美影集的人一定聽過這句話：ladies and gentlemen，淑女與紳士的概念起源於 14 世紀的英國貴族，原本是用來稱呼上流階層人士，隨著時代演變，這個詞逐漸成為「優雅社交禮儀」的代名詞。到了現代，淑女紳士不再只套用在貴族名流身上，而是從一般人民到皇室、從日常生活到餐桌，得體的穿著、待人的禮貌、進退適當的社交禮儀，「淑女」與「紳士」代表一種對自己與他人應有的尊重與修養。在英國人眼中，一切的言行舉止都是個人名片，比起學歷或事業成就，個人的社交禮貌往往更能展現其內在素養。

你可能會發現早上出門遇到鄰居或剛跑步經過的陌生人時，對方會對你點頭微笑，說聲 'Good morning.'；行人在路上不小心擋到對方的時候，雙方都會下意識地說 'Sorry!'；每次只要請別人幫忙的時候，總是會自然地將 please 和 thank you 掛在嘴邊。這些行為對英國人來說都不是刻意做作，而是從小培養出的基本教養。

以下把英國常見的禮儀分成幾個部分跟大家分享，讓大家了解一下現代英式禮儀，也可以讓計畫到英國或想了解英國的你，更能感受英國人的優雅！

▶ 英式說話禮儀指南　　　　　　　　MP3 6-01

請、謝謝、可以……嗎？

　　在英國，禮貌不是選項，而是肌肉記憶。尤其在請求幫忙、接受服務，或是日常互動中，請永遠不要忘記把這 3 個魔法詞準備好，隨時拿出來用：

- Please.
- Thank you.
- I want...
- Can I / May I?

例

在餐桌上需要離你比較遠的鹽巴時，可以跟旁邊的人說：

» Can I have the salt, please?　　可以拿那個鹽巴給我嗎？謝謝！

> **千萬別說 'I want the salt.'**
> 　　受到中文用法的影響，當我們表達「我想要……」時，很多人會直覺地脫口而出 I want...，但是在英文裡，I want 隱含著「命令」的意思，對於注重語氣與禮節的英國人來說，這樣說會被認為太過直接、不夠禮貌。另外，當你想要請求對方做一件事情，也可以使用上述的問句 'Can I / May I?' 來表達。

就算拒絕別人也要委婉有禮

　　英國人非常注重「說話方式」，如果想拒絕對方，直接說 No 是不禮貌的，即使你真的無法答應對方，也會用委婉的方式來表達。

例
» A: I need to go to work now. **Can you do me a favour?** Can you take the dog out for a walk?

   我要去上班了,你可以幫我一個忙嗎?可以幫我遛一下狗嗎?

» B: **I would love to but** I'm not sure if I have time today, I'll see what I can do.

   我很樂意,但是我不確定我今天有沒有時間,我會看看能不能幫得上忙。

說話時請記得:微笑、眼神、名字!

英國人非常愛聊天,他們對於很多不同的話題都十分感興趣,尊重也樂於聆聽關於不同話題的個人論點或想法,同時也期待對方以尊重的方式對待他們。

對方跟你說話的時候,最基本的禮儀是必須「保持微笑」及「直視眼睛」,表示你有在認真聆聽,同時要記得把對方的名字加在你們的對話中,讓對方有受到重視與尊重的感覺。

例
» Hello **Sam**, I'm just wondering if you can do me a favour.

   哈囉 Sam,我在想,不知道你能不能幫我一個忙?

» What do you think of this, **Matt**?

   Matt,你覺得這個東西怎麼樣?

傳訊息給別人時的開場白

當你要透過文字訊息聯繫別人,千萬不要直接切入主題!記得用 hello 或是 hey 加上對方的名字作為開場白。如果沒有先打招呼,單刀直入你想說的內容,對方可能會感覺被冒犯。

> 例

- » Hey Lucy, just wondering if...
  嘿 Lucy，我在想是不是可以⋯⋯

- » Hello Tom, quick question...
  哈囉 Tom，有個小問題想問你⋯⋯

- » Hi Jack, hope you're doing well!
  嗨 Jack，希望你一切都好！

聊天話題的選擇

　　如上所述，英國人對於很多不同的話題都十分感興趣，但跟對方不是很熟的時候，某些話題還是需要避免，例如薪水、經濟及個人家庭狀況等任何跟隱私有關的話題。故意打探對方隱私，對他們來說也是一種非常不禮貌、不優雅的事情喔！

　　而結束話題的時候最好有一個禮貌的結尾，不要讓對話「冷結束」。可以加上：

- » Okay, thanks again!
  好的，再次感謝你！

- » Cheers, really appreciate it!
  謝啦，真的很感激！

- » Let me know what you think :)
  再跟說我覺得怎麼樣喔 :)

　　如果是比較相熟的好朋友或是家人，可以加上英文字母 x，有「親一口」的意思，也有結束話題的意思。但如果是不太熟的朋友，就建議不要使用以避免誤會囉！

- » Thanks again! x
  再次謝謝你！ x

» Talk to you later! x
晚點聊！x

» Nighty night! x
晚安！x

聊天話題選擇與技巧

英國人喜歡聊天，習慣用輕鬆、無壓力的話題來開啓對話，熟悉之後才會自然而然談得更深入。但就像前面提過的，英國人同時也非常尊重隱私與界線，在與不熟的人互動時，有些話題絕對要避免，例如收入、個人感情問題或家庭狀況、政治立場。但他們很愛聊關於天氣、旅遊經驗、文化交流、電影、書籍和運動（尤其是足球、網球）等話題。

英國人長久以來以說話藝術聞名，除非非常相熟，否則很少使用強烈且直接的方式表達不同意或負面看法。當需要說出不同意見或否定時，他們會先說一句讚美的話作為暖場，接著再以委婉、間接的方式帶出自己的立場或想法。

英國人也擅長使用含蓄詞彙或輕描淡寫的語氣來掩飾真實想法，使語句聽起來溫和而無害，即使是在表達拒絕或批評，也不容易讓人感到被冒犯。

英式說法（禮貌語氣）	可能的真正含意
That's an interesting idea but... 這想法很有趣……但是……	• 不太確定，要再思考一下或討論看看。 • 我不太認同這個想法。
It looks great, but it's not really my thing. 這看起來很棒，但這不太合我胃口。	我其實不喜歡這個東西。

I'm not sure that would work. 我不確定可不可行。	這行不通啦，但我不想太直接跟你說。
With all due respect... 我非常尊重你，不過……	我接下來說的話你可能不愛聽，但我還是要說。
I'll bear it in mind. 我會放在心上／我會考慮看看。	假裝有聽進去，其實不太可能考慮。
I might be wrong, but... 我可能是錯的啦，不過……	我其實覺得你錯了，只是不想太直接講。
It's a brave proposal. 這是一個很大膽的提案。	你這個想法不可行，我不會接受。
I'd love to, but I'm terribly busy this week. 我真的很想去，但我這週真的太忙了。	我不想做／不想去，只是不好意思太直接拒絕。

▸ 英式舉止禮儀

初次見面的握手

　　初次見面或者跟很久沒見面的異性朋友打招呼時，握手仍是英國常見的禮貌行為。記得要使用適當的力度，不要握得太鬆或太緊，同時直視對方並且微笑。手比較容易流汗的話，記得要先把手擦乾淨喔！

進出大門注意後方

　　進出大門的時候後面若還有其他人，記得把門稍微拉著不要太快鬆手，讓緊跟在後的人有充裕的時間可以接手。如果要出去的時候剛好有人要進來，也要先禮讓對方，並輕聲說一句 'After you.'（你先）。

上下樓梯的交會

如果樓梯間較窄，同時有兩個人需要上下樓梯的時候，後到者或位置較低者通常會主動讓路等待對方先行。當然，無論如何男士都會優先禮讓女士。

滑手機的習慣

在亞洲地區，手機不離手已經是文化的一部分，以我的個人觀察而言，英國人普遍對於3C產品或手機的依賴程度較低，人們在公共場合低頭滑手機的比例較少，搭乘地鐵或公車時，更多人會選擇看書、發呆或聊天，而不是盯著螢幕。因此，在聚會場合中或跟英國人聊天的時候，也要盡量避免在他們面前滑手機，否則有可能被貼上不尊重或沒教養的標籤。這並不代表英國人不用手機，而是使用時機與態度上更在意社交氛圍。

時間觀念

英國人十分看重時間觀念，跟別人約時間碰面，記得一定要準時。如果預計會遲到，記得要先通知對方，並告知還要多久才會到；也千萬不要臨時取消約定或任意放鳥，因為這是極度不禮貌的行為。若是工作場合更需要準時，甚至提前抵達，就算只是晚到幾分鐘也會被視為不專業，或是讓你的職業操守被打折扣。

搭車時先下後上

在搭乘大眾交通工具的時候，上車的人必須先確認有沒有人要下車，並禮讓下車的人之後再上車。車門較窄的交通工具例如地鐵、公車、火車等，尤其是狹窄的地鐵車廂門，如果一不小心「逆向強行擠進去」，很容易被白眼甚至當場指正。

▸ 英式餐桌禮儀

　　餐桌禮儀可說是英國人非常重視的一環，如果有機會跟英國人一起用餐或到英國當地的餐廳，請記得一定要保持適當的禮儀。

用餐前的基本禮儀

- 必須要等到餐點全部上齊，才能拿起餐具準備開始用餐。因此英國餐廳都習慣同時上菜，避免有人先吃、有人久候的情況發生。
- 除非是家人或非常相熟的同輩朋友，不然絕對不可以先偷吃！哪怕只是薯條，也要等大家都準備好才能開始吃。

吃飯時的行為舉止

- 小口進食，避免一口氣塞太多食物到嘴巴裡。
- 不要發出咀嚼聲音。英國人吃東西幾乎不會有聲音。
- 咀嚼時盡量不要說話。如果對方剛好在你咀嚼食物時搭話，可以示意對方等你吃完這口再回答；如果嘴巴裡的食物不是很多，可以輕輕用手遮住嘴巴、快速回應簡單句子。
- 千萬不要在吃飯的時候隨意打嗝或剔牙，會被視為非常沒有禮貌。如果需要立即處理，可以去廁所。
- 在朋友家裡吃飯，必須等待所有人都吃完才能離開餐桌，也可以主動幫忙把碗盤整理好放到洗碗機裡。
- 如果吃這道菜剛好只需要用到一隻手，另一隻手必須放在餐桌下，不能隨意擺在餐桌上，手肘也不能撐在桌上，尤其是在還沒開始用餐時或用餐途中。
- 在餐桌上不使用手機，如果需要接緊急電話，請跟對方說明之後再起身離開去處理。

餐具擺放：刀叉位置是有「訊息」的

- 還沒吃完：吃到一半需要休息的時候，將刀叉分開斜放在盤子兩側（像開口的 V 形）。
- 吃完了：把餐具放在餐盤正中間指向 6:30 方向，代表已用餐完畢。服務生不需特別開口詢問，就會把你的餐盤收走。

讓禮儀成為你融入英國的通行證

英式禮儀需要注意的小細節雖然不少，但其實原則非常簡單：尊重他人、舉止得體。基本上只要記得以下三大原則，相信不論是旅遊、求學還是長期生活，你都能更容易、更快速地適應英國社會，也會感受到英國人的友善與熱情：

- 保持禮貌
- 互動時以禮讓對方為優先
- 舉止從容優雅

分享到這裡，不知道是否已讓你對英國有了更深入的了解？語言不只是溝通的工具，更是文化的延伸，只要願意用對方的語言與不同文化背景的人交流、相處，就能更深刻地體會彼此的差異，並且自然地融入當地的生活節奏。

希望這本書不僅能幫助你學習道地的英國腔發音，也能帶你走進英國人的生活與文化。每個人的經歷都不同，但我真心希望自己在英國的生活點滴，能讓你看見一個或許與刻板印象不太一樣的英國樣貌。

同時也希望這本書，無論對正在準備前往英國、已經在當地生活，或只是單純對英國文化充滿興趣的你，都能帶來幫助與啟發，也期許能在接下來的旅程中，找到屬於你自己的故事。

國家圖書館出版品預行編目（CIP）資料

英國腔發音完美指南/Kartina Flavia Hai著. -- 初版. --
臺中市：晨星出版有限公司, 2025.08
176面；16.5×22.5　公分. -- (語言學習 ; 49)
ISBN 978-626-420-129-2(平裝)

1.CST: 英語 2.CST: 發音

805.141　　　　　　　　　　　　　　　　114006591

語言學習 49

英國腔發音完美指南

作者	Kartina Flavia Hai
編輯	余順琪
校對協力	劉恩妤
錄音	Kartina Flavia Hai、Derek J Rhodes（英國腔）
	Lex S. Haung（美國腔）
封面設計	高鍾琪
美術編輯	李京蓉
創辦人	陳銘民
發行所	晨星出版有限公司
	407台中市西屯區工業30路1號1樓
	TEL：04-23595820　FAX：04-23550581
	E-mail：service-taipei@morningstar.com.tw
	http://star.morningstar.com.tw
	行政院新聞局局版台業字第2500號
初版	西元2025年09月01日
讀者服務專線	TEL：02-23672044 / 04-23595819#212
讀者傳真專線	FAX：02-23635741 / 04-23595493
讀者專用信箱	service@morningstar.com.tw
網路書店	http://www.morningstar.com.tw
郵政劃撥	15060393（知己圖書股份有限公司）
印刷	上好印刷股份有限公司

定價 320 元
（如書籍有缺頁或破損，請寄回更換）
ISBN：978-626-420-129-2

Published by Morning Star Publishing Inc.
Printed in Taiwan
All rights reserved.
版權所有‧翻印必究

｜ 最新、最快、最實用的第一手資訊都在這裡 ｜